風と共に咲きぬ

清水晴木

角川文庫
23659

目次

こんな瞬間が私の人生に訪れるなんて思ってもみなかった。

周りの花が一斉に咲いてしまいそうな風が吹いた時、少し緊張した声で名前を呼ばれた。目の前には真剣な瞳《ひとみ》をした男の子が立っている。

私に向かって何かを言おうとしていた。

きっと告白か、もしくはデートの誘いだ。

こんな瞬間、生まれて初めてだった。

どうしよう、なんて答えよう。

あっそうだ、前にも言おうと思っていた言葉。


――こちらこそよろしくお願いします。


素直に、そう答えよう。

その時きっと、私たちの物語が始まるはずだから――。

第一話

少女漫画の脇役
鈴木花子

ここは主人公の席。

高校三年生に上がってから、初めての席替えをしてこの場所に決まった時、私は最初にそう思った。

——教室の窓際、一番後ろの席だ。

窓からの明るい日差し。ノートにくっきりと映るシャーペンを持つ手の影。それから窓を少しだけ開けると、私専用の風がすうっと流れ込んでくるのがお気に入りだった。

ここはやっぱり主人公の席だと思う。

今までたくさん見た少女漫画や学園ドラマの中でも、この場所にはいつも主人公が座っていた。

——でも、ここで一つお知らせ。

残念ながら私は主人公ではない。

このクラスの主人公は、もう決まっているのだ。

それは私の前の席に並んで座る二人。

藤枝桜《ふじえださくら》と三谷陽介《みたにようすけ》である。

二人がこのクラスの主人公。

ちなみに私の名前は鈴木花子《すずきはなこ》。

こんな名前の時点でもう配役が決まってる気がするのはすこしつらいけど、まあ私はこれでいいのだ。

○

「なあ、タンポポの名前の由来って知ってるか？」

昼休み。教室の中で話しかけてきたのは同じクラスの男子、小島《こじま》だった。

「いや知らないけど」

私はそっけなく答える。というのも小島のこういう時の質問は、そもそも答えを求めていないのを知っていた。自分が仕入れた雑学を披露したくてうずうずしているのだ。

「実はタンポポって茎を裂くと鼓みたいな形になるから、それで鼓の音の『たん・ぽん・ぽん』と子どもたちが呼び始めたのが名前の由来なんだって」

やっぱりすぐに答えを明かしてきた。そして勝手に一人で満足そうな表情を浮かべている。

「……へえ、知らなかった。すごいすごい」

適当にあしらっておく。小島の雑学はバリエーション豊かだけど受験には一切出てこない無駄知識だ。この前までは電車や車など乗り物が続いていたので、それよりは今の花の豆知識の方が多少興味はあるけれど。

「すごいって二回繰り返されているのに、全然すごくなく聞こえるからすごいよな」

「気持ちを全く込めてなかったからね」

「込めろや」

ちなみに小島とは小学生からの幼なじみ。というか高校まで来ると腐れ縁と言ってもいいかもしれない。なのでこうして何の気兼ねもなく喋《しゃべ》ることができている。

そんな私たちとは色んな意味で正反対なのが、陽介と桜だった。

「……」

窓際に立つ桜に自然と目がいってしまう。綺麗《きれい》な長い髪が風で揺れていた。物憂げな表情を浮かべてグラウンドを見つめている。視線の先では陽介が友達とサッカーボールを蹴《け》り合っていた。楽しそうな笑い声がここまで聞こえてくるようだ。

「さーくら、さてはまた陽介のこと見てるな？」

小島は雑学を披露した後、既に私の下から去っており、お陰で良いタイミングで桜に話しかけることができた。

「は、はな、見てないから！」

「いや全然隠さなくていいから、バレバレなんだし」

桜は私のことを「はな」と呼んでくれる。私が花子よりそっちの響きの方が気に入っているのを知っていて、ちゃんとそれで呼んでくれるのだ。

桜は本当に良《い》い子だ。その見た目の可愛さからしてもヒロインに間違いないけど、中身も素敵な女の子だ。同性の私でも時々惚《ほ》れてしまいそうになるくらいに。

「じゃあ、本当は、見てたけど……、そんな、バレバレだったかな……」

ほら、こういうところが可愛い。素直でそばにいるこっちが心配になるくらいに純粋な女の子なのだ。

「別にバレバレでいいんだよ、というか隣にいる時ももっと見つめた方がいいんじゃないの？　熱視線で相手が振り向くくらいにさ」

「そ、そんなことできるわけないじゃない」

「できるよ、だって自然と見つめるくらい好きってことでしょ。もう告白でもしちゃったらいいんだよ、きっとうまくいくはずだから」

私がそう言うと、桜は首をぶんぶんと横に振って慌てた様子で答えた。

「こ、告白⁉ そんなの無理に決まってるよ、私まだ三谷君とそんなに話したこともないんだし……」

「そしたら話せばいいじゃない、なんなら私が今から呼んであげようか？ 桜が話したいことがあるって」

私がその場を離れて陽介の下へ向かう素振りを見せると、桜がこれまた慌てた様子で引き留めた。

「そんなの無理だって！ まるで告白でもするみたいじゃない……。私が好きだなんて知られたら、もうこれからどんな顔して隣に座っていればいいかわからなくなっちゃうから……」

たった今、重大な言質《げんち》を得た。

「あっ好きって認めた」

「あっ今のは……。三谷君には絶対言わないで」

途端に桜の顔が赤くなる。ほんのりとした桜色の照れ顔。こんな姿を見ればどんな男だってイチコロのはずなのに。

「桜の可愛さなら、陽介だって絶対すぐに落ちるはずなんだけどなあ……」

「そんなことあるわけないでしょ……」

桜はそう言ったけど、私はそんなことがある理由を知っていた。


——昼休みが終わる直前、私は廊下で陽介を待ち伏せした。そして立ちはだかって問い詰める。

「……あんたねえ、本当に好きなら早く桜に告白の一つでもしなさいよ」

「そんなこと言ったってタイミングってもんがさあ……」

これがさっきのそんなことがある理由だ。

私は桜が陽介を好きなことも知っていたけど、陽介が桜を好きなのも知っていたのだ。

二人がお互いを意識し始める前から、私は二人と仲が良かった。それに私は友達からよく恋の相談をされるポジションだ。昔からこういう立ち位置で、自分の恋愛はまったく進展がないくせに、人の恋路はやたらと手伝う羽目になる。つまりはキューピッド。つくづく主人公にはなれないタイプだ。まあそれでも周りから頼られるというのはそんなに悪くなかったし、私は充分これでいいのだと思っていた。

そんな実績豊富な恋のキューピッドの私をもってしても、二人の関係はなかなか進展しなかった。本当に誤算だった。この二人に関してはお互いに好き同士だからこそ、何もしなくてもあっという間にくっつくはずだと思っていたのに。

しかし現実は違った。桜は相当な引っ込み思案だし、陽介も慎重な性格なのか思いきりが悪かった。桜からのアプローチは望みが薄い。後は陽介に託すしかなかった。

だからこそ私も陽介に対しては口調が強くなってしまうのだ。桜には厳しく言えないからこそ、陽介にぶつけている節もある。

「……タイミングなんて計ってないでさ、さっさと告白するべきよ！　ゴール前なんだからシュート打つしかないでしょ、桜のハートにゴールを決めなさいよ！」

「わざわざサッカーでたとえなくていいから」

「わざわざわかりやすく言ってるのよ！……もう本当にじれったいんだから。なんなら私が伝えてあげようか？　陽介は桜のことが好きだって」

「おいそれはやめてくれ！　告白はちゃんと自分の口でするって決めてるんだ」

「……相変わらず、その気持ちだけは揺るがないのね」

そしてこれこそが二人の恋の進展を妨げている一番の理由でもあった。

本当のことを言えば、このお互いの脈アリ情報を伝えるのが一番手っ取り早いのに、そうできないのは桜が恥ずかしがっているのもあるし、陽介は陽介で自分から伝えると言って聞かないせいなのだ。

この策を封じられたせいで、二人をなかなか近づけられなかった。美男美女で誰がどう見てもお似合いのカップルだから、すぐ付き合いに進展すると思っていたのに……。

「……ああ、そうだよ。悪いか、想いを伝えるには適切な時と場所ってものがあるんだよ」

「それはいつ来るのよ？」

「いつかだよ、まだ三年に上がって少ししか経ってないだろ。これから先一番良いタイミングで告白したいんだ」

「そんな悠長なこと言ってないでとっとと告白しちゃいなさいよ！　絶対成功するに決まってるんだから」

「そんなことあるわけないだろ！」

――だからそんなことあるんだって！

と声を大にして言いたいけど言える訳がない。そしたら私は桜との約束を破ってしまうことになる。なのでここでは助言程度にとどめることにした。

「……とにかく、いい加減そのタイミングを決めなさいよ。受験が迫ってきたら恋愛なんてもう言ってられなくなるかもしれないんだからね」

「それは分かってるけどさあ……」

こんな調子だから二人の仲はなかなか進展しなかったのだ。席が隣同士になったにもかかわらず、相変わらず関係性は平行線を保ち続けている。

陽介はクラスの中心的な人物で頼り甲斐《がい》もあるけど、そのキャラとは違ってこういうシャイなところがあった。でもそういう親しみやすさもあるから、周りから好かれているんだと思う。

「さて、これからどうなるか……」

陽介の背中を見送ってから一人呟《つぶや》いた。正直悩みどころではあるけど、改めて二人は主人公だと思わされてしまった。

だって好き同士なのにこんなにも時間がかかってお付き合いには至らないのだ。

少女漫画や恋愛ドラマと一緒だ。付き合うまでがとにかく長い。近づいたり離れたりを繰り返して、良いところで何度も障害が降りかかる。

今私はその光景を見せられている気分だ。実際、陽介から告白をする、というような話を聞いたことは何回かあった。でもその日に台風が来て体育祭が中止になったり、学園祭では他校の生徒にもみくちゃにされたり、とにかくうまくいかなかったのだ。桜からも気持ちを伝えようとしていた時もあったみたいだけど、結局なんやかんやあって告白には至らなかったのだ。

でもこれだけ発破をかけたからこそ、明日《あした》からの進展には期待したい。

私としても今回のやりとりには手応《てごた》えを感じていた。

——ただ、現実は無情なもので、そんな二人に大きな障害となる出来事がこの後すぐ起こることになる。

こんなことでも二人はやっぱり主人公だと、私は改めて思ってしまった。

○

「真田百合香《さなだゆりか》です。東京の学校から転校してきました、よろしくお願いします」

百合香が私たちのクラスにやってきたのは、突然のことだった。夏の訪れを感じさせる六月に突如、転校生として現れたのだ。

その存在にクラスの男子は色めきたった。三年生での転校という珍しい時期だったのもあったけど、一番の理由はその花の名前に似つかわしい美貌《びぼう》だった。綺麗《きれい》系と可愛い系という方向性の違いこそあるけれど、桜に負けずとも劣らないくらいである。

「……」

そしてなによりも私が危機感を覚えたのは、百合香の座る席が私の隣だったということだ。そう、目の前には陽介がいる。その隣には桜、その後ろには私という四角形の構図が出来上がっていた。

「さ、真田さんは委員会は何に入るとか決めてる？」

声をかけたのは私でも桜でも陽介でもなく、離れた位置からわざわざやってきた小島だった。

私と話す時には、母親か姉と話すような実家ばりの落ち着きなのに、今は目に見えて緊張した様子である。

そして当の百合香はその質問に長い髪をかき上げてから、「まだ決めてないからどうしようかな、小島君のオススメはどこかある？」と尋ね返した。

「あ、あうあう……」

小島はそれだけでノックアウトされてしまったようだ。アシカかオットセイか見分けがつかないけど、そんな生き物のような鳴き声を出してしどろもどろになっている。

……あまりにも情けない。幼馴染《おさななじみ》としては見ていられない惨状である。オットセイ小島もこのままでは心臓が持たないと思ったのか、「じゃ、じゃあ俺ちょっと購買に、は、早弁用の焼きそばパン買いに行ってくるから！　お、俺あれ好きなんだ！」と誰も興味のない情報を告げてから去っていった。

「……」

さて、ここからどうするべきか。というかここは私が話しかけるべきに違いなかった。なぜなら私が隣に座っているからである。

しかし私よりも先に動いたのは百合香の方だった。しかも話しかけた相手は隣の私ではない。

――前の席に座る陽介だった。

「三谷君は、部活とか何やってたの？」

そう問いかけられて、陽介が振り返って答えた。

「俺？　サッカー部に入っててもう引退したけど……」

「サッカー部！　私、前の学校でサッカー部のマネージャーやってたんだ」

しまった、と思った時には既に遅かった。

「えっそうなの？　そしたら真田さんサッカー好きなんだ？」

「うん、大好き！　お兄ちゃんがサッカーやっててね小さい頃から見てたからさ」

「そうなんだ！　俺は欧州サッカーが好きでさあ」

「私も好きだよ！　プレミアリーグが一番好きで推しはマンU……」

話に花が咲いてしまっていた。それも誰もが目を引くような大輪の美しい花だった。

「いいね！　俺はプレミアリーグならリバプールが……」

かろうじてまだ救いがあったのは、陽介が桜に背中を向けて話していたことかもしれない。楽しそうに話す表情までは桜の視界に入ることはなかった。しかしその声は聞こえてしまっているだろう。私にもちゃんと聞こえているくらいだから……。

「私は最近リーガエスパニョーラも……」

「セビージャはボランチが……」

でも今は言葉を挟む余地すらもない。桜はサッカーのことは全然知らない。日本のことだけでも分からないのに海外の話までされてはお手上げだ。マンUだってきっとスーパーのSEIYUの姉妹店とかだと思っている。ボランチだってきっとぼったくり並みに高いお昼ご飯か何かだと勘違いしているだろう。

——まずい、これはまずい。今までで一番の緊急事態に違いなかった。陽介と桜は好き同士のはずだ。これまで二人の間に割って入る人間なんて誰もいなかった。だからこそいくら時間がかかっても大丈夫だと思っていた。

でも今ここにいわゆる恋のライバルが現れた。二人はすれ違っていただけだったけど、ここへきて大きなライバルがペナルティエリアに侵入してきたのだ。

それでも陽介がこんなことで簡単に心変わりするような男ではないと信じている。ただ時間が経つうちにこの先どうなるかは分からない。このまま陽介が百合香に取られてしまう最悪の可能性も考えなければいけないのかもしれない……。

「桜……」

その時、悲しげな桜の表情が目に入って思わず呟《つぶや》いてしまった。

桜が、横を向いて楽しそうに百合香と話す陽介の背中を見つめていたからだ。

ああ、桜にこんな顔をさせたくなかった。桜は私が呼んだ声にも気づかないくらいだった。

陽介も陽介で何をやっているんだ。ヒロインを置いて一人盛り上がってしまうなんて……。マンUだかマンCだかリバプールだか知らないけど、今お前の後ろでこんなにも桜が悲しい顔をしているんだぞ……。

「……っ」

ここはもうヒロインの女友達ポジションの私の腕の見せどころではないだろうか。

こういう時に、私みたいなキャラが最高のアシストをするべきなのだ。そうすればきっとシュートが決まる。そしてその先にはリードしたまま試合終了のホイッスルが鳴るようなハッピーエンドが待っていると信じて——。

「……て、提案があるんだけど！」

私はそう言うと同時に立ち上がった。

「は、はな？」

一番びっくりした顔を見せたのは、私の目の前にいた桜だった。さっきまでしょげた顔をしていたのに、今は目を丸くさせている。

「し、親睦《しんぼく》を深めるために放課後みんなでカラオケでもどうかな！　真田さんも陽介も、桜も一緒に！」

あまりにも唐突な提案だった。明らかに空気を読めていない状況である。

微妙なバランスで保たれていた四角形の均衡が急に崩れた気がした。

「……」

答えはすぐには返ってこない。盛大なミスをしてしまっただろうか。アシスト失敗だったろうか。私なりにヒロインを救う立場として見せ場のつもりではあったんだけど……。
――でもその時、あらぬ方向から声が返ってきた。
「カラオケ大賛成！　行こうぜ！」
その声の主は焼きそばパンを手にして廊下から走ってきた小島だった。
「いやーめっちゃ楽しみ！　俺カラオケでは必ず精密採点する派なんだよね！」
そしてまた誰も興味のないような情報を教えてくれた。
関係性は四角形から五角形に。
舞台は教室からカラオケボックスに移されることになった。
でも今だけは言っておきたい。
ナイスアシカ小島。
いや、ナイスアシスト小島！

○

「知ってた？　カラオケでビブラートをつけるのには裏技があるんだよね。マイクを持ってない方の手をブンブン振りながら歌うと自然と声が震えるんだよなあぁあぁあぁあ……」

カラオケボックスに着いてから小島がまた余計な雑学を披露していた。でも正直この五人の状況はまだお互いが牽制《けんせい》し合っているというか、若干の気まずさがあるのは確かだったので、小島の無神経さに救われているところは多少なりともあった。

「君のことが好きだぁあぁあ～」

カラオケの方は小島が早速、流行《はや》りのノリの良い曲を入れてくれて無事始まった。

席の並びは端から小島、百合香、陽介、桜、私、の順である。

桜は陽介の隣に座ることはできたが、まだあまり話せていない。小島が歌っている間、陽介は百合香と話していたのだ。「この曲良《い》いよね」とか「三谷君は何を歌うの？」とかそんな声がかすかに聞こえてくる。ここでもやっぱり桜は話には入っていけなかった。だけどまだそんなに焦る必要はないのかもしれない。

というのも順番的には次に百合香が歌うことになるのだ。そのタイミングで必ず陽介と桜が話せるようになる。それこそ百合香と同じように曲の話とか、好きなアーティストのこととか、誰かに歌って欲しい曲のこととか、そんな話ができるはずだった。

そう思っているうちに、小島の歌が終わって百合香の番になった。どんな歌を歌うんだろうと思ったけど、入れた曲は私たちの世代では懐メロと呼ばれるようなものだった。欧陽菲 菲《オーヤンフィーフィー》の『Love is over』。意外なセレクトだけど、この後にもっと意外で予想外な展開が待っていた。

「……」

百合香が歌い始めた瞬間、全員が動きを止めて、その歌声に聴き入ることになった。

上手《うま》かった。とにかく上手かったのだ。英語の歌詞の発音がとても良くて、それから歌う時だけ普段よりもうすこし高くなる声がとても魅力的だった。抑揚も程よく、そしてビブラートも効いている。

百合香の歌を聴いている間、話をする人なんて誰もいなかった。スマホをいじったり、ドリンクバーに飲み物を取りに行くのも憚《はばか》られてしまうような、そういう歌声だったのだ。

私も聴き入ってしまった。そして陽介も聴き入っていた。ライバルのはずの桜ですら、その歌声に感動していたと思う。

「しまった……」

曲が二番のサビに差し掛かるところで冷静になって思ったのは、遊びの場にカラオケをチョイスした私が盛大にミスを犯したのではないか、ということだった。

みんなでどこかに買い物に行くとか、それこそファミレスでドリンクバーを頼んで話して過ごすだけでもよかったのだ。

それなのに私は百合香が一番の主人公となるような、こんな見せ場を作ってしまうなんて……。

「真田さん、最高ーっ！」

百合香のオンステージが終わってから、小島が拍手をして声をあげた。その感想はみんな同じだ。大失敗を犯したと思っていた私でも、拍手を送らざるを得なかった。

「いやー、次、俺歌うの嫌だわあ」

陽介は苦笑いをしてそう言った。けどその後にback numberの『高嶺《たかね》の花子さん』をさっと入れて、上手さよりも楽しさ重視で歌って場を沸かせた。こういうところはやっぱり空気が読めるし上手いと思う。次歌う人にとってもハードルが下がるから良いチョイスだ。

でも桜は、好きな人が歌っている時なのに顔を俯《うつむ》けていた。ハードルは下がっても桜にはあまり関係なかったのだろう。自分と比べているのは、あくまで百合香なのだ。

私は桜だって歌が上手いのを知っている。一緒にカラオケに行ったことだって何度もあった。それでも百合香の方が上手いのは確かだった。そしてそれを桜自身が気にしてしまっている。

陽介が歌の上手さで好きな女の子を決める訳なんてないのに、桜はきっとそんなことを気にしているに違いないのだ。

友達の私だからこそ、そんなことが分かってしまった……。

「……桜、ちょっといい？」

「えっ？」

私は空いたグラスを手にして部屋から桜を引っ張り出した。

向かったのはドリンクバーの前だ。

「……桜、本当に色々急なことで大変かもしれないけどここが踏ん張りどころだからね」

「それは、わかってるけど……」

私はオレンジジュース。桜はホットのコーンポタージュをカップの中に注いでいた。

どこの部屋からか音漏れが聞こえて、それが何か少しだけ虚しく感じる。

それから桜はコーンポタージュを一口飲んでから自信なげに言った。

「真田さん、すごいよね……。綺麗《きれい》だし、歌も上手いし、サッカーのことも詳しくて……、本当にお似合いって感じで……」

「いやいやそんなことないよ、お似合いなのは桜と陽介だから！」

……明らかに桜が自信をなくしている。そんなことないよ、と言ってもらいたいのは大体そういう時なのだ。これも友達の私だからこそ知っている。

本当に状況が急変してしまった。二人は好き同士だからこそ、付き合うのなんて時間の問題だと思っていたのに……。

恋はフィーリングとタイミングとハプニングというのを聞いたことがあるけど、そのフィーリングとタイミングが陽介と百合香は絶妙に合ったのだろうか。でもフィーリングなら桜だって百合香以上に陽介とはバッチリだったはずだけど……。

「……分かった、ここは私に任せて」

「えっ？」

ここはまたヒロインの女友達ポジションの私の腕の見せどころだ。名誉挽回《ばんかい》するしかない。というかここで無理やりにでもこちら側に流れを引き戻すしかないのだ。

「桜、部屋に戻るよ！」

陽介を今、ここで呼び出すことに決めた。そしてこの学校外という普段は味わえない状況を利用して、二人に急接近してもらおうと思った。何か理由をつけて二人だけで先にこの場所から抜け出してもらうのだ。

百合香に対しての最大のアドバンテージは、現時点では陽介が好きなのは桜ということだ。それは間違いない。だからこそ先手必勝で攻め続ければ桜に軍配が上がるはずだ。後は私がアシストしてあげるだけで……。

「陽介！　ちょっと話があるんだけどー！」

小島が歌っていたので、声を張り上げて部屋の中に入った。

――だけど、その瞬間あることに気づく。

「陽介と、真田さんは……？」

陽介と百合香がその場にいなかったのだ。

「なんかドリンクバーに行くって言ってたけどおぉおぉおぉお」

マイクを持っていない方の腕を振りながら小島が答えた。

「はっ？　ドリンクバーに二人はいなかったわよ！　どこに行ったのよ！」

「いや俺に聞かれても困るなあぁあぁあぁあ」

「そのビブラートやめい！」

隣で桜は青ざめた顔をしていた。

「三谷君、どこに……」

「……桜、探すよ！」

今度は私たちが腕をぶんぶんと振って走り出す。それにしても緊急事態だ。まさか百合香の方が先に陽介と抜け出すなんて。先手を打たれてしまった……。

一体どこにいるのだろうか。たまたまドリンクバーに行く前にトイレにでも行ったのだろうか。それともまさかカラオケボックスを抜け出してどこかへ遊びに行っていたりして……。

「……っ」

そんなことある訳がないと信じたかった。陽介が桜を置いて出ていってしまうなんてありえないと思った。試しに陽介のスマホに電話をかけてみる。でも出る気配はない。手がかりはなにもなかった……。

「どこ行ったのよ、もう……」

二人の姿は一向に見つからない。自分たちの階だけではなく、他の階も隈《くま》なく走り回った。それでも陽介と百合香の姿は、どこにも見当たらなかった……。

「あのバカ……」

——陽介は桜を放っておいて何をやっているんだ。

桜のことを好きだったんじゃないのか。それとももう百合香に乗り換えてしまったとでも言うのだろうか。通学の電車じゃないんだぞ。そんなの信じたくない。だって陽介がそんな薄情者の訳がなかった……。

「陽介……」

諦《あきら》めが混じる中で、その名前を呼んだ時だった――。

「わぁぁぁあぁあっ！」

ビブラートをきかせている訳でもないのに、不思議な悲鳴がカラオケの空いた部屋から聞こえてきた。

「あっ」

その部屋から飛び出してきたのは、なんと陽介だった――。

「よ、陽介！」

「三谷君！」

なぜか服が少しだけ乱れている。それにとてつもなく慌てた様子だ。一体何が起きていたのだろうか。というかもしかして、この男……。

「あんた、まさか……」

「違う！　違う！　何もしてない！　俺は逃げ出してきたところなんだから！」

「……逃げ出してきたところ？」

その言葉の意味はすぐに分かった。

陽介が飛び出してきた部屋を覗《のぞ》いてみると、そこにはもっと服が乱れた百合香がいじけた様子で座っていたのだ。

「……花ちゃん、私作戦失敗しちゃった」

……いつの間にか「花ちゃん」なんて呼ばれている。

あらぬ状況ではあるが、その発言を踏まえると何が起こったのかは、ある程度推測できる気がした。

「……桜、あんたは陽介をよろしく。もう二人で先に帰ってどこかでパフェでも食べてきな。ここからは私に任せてくれればいいから」

「わ、わかった……」

桜もただならぬ空気を察したのか、聞き分け良くその場を去っていく。

そして空いた部屋の中に残されたのは私と百合香の二人だけになった。

「さ、真田さんさあ……」

「百合香でいいよ」

心の中では既に呼んでいたからそうすることにする。私も既に花ちゃんと呼ばれているし……。

「作戦失敗って……、つまりそういうこと？」

私は百合香の第二ボタンまで外れた服を指差した。

「そう、誘惑作戦……。あーあ、完璧《かんぺき》だと思ったのになあ！　三谷君ウブすぎるよ。私も焦っちゃったなあ、転校してきた今日の今日だもんねえ。夏期講習が始まる前に彼氏作っときたかったんだけどなあ」

　もはやキャラ変の勢いで口調まで変わっている。清楚《せいそ》な雰囲気を振りまいて教室にいた時とはまったく違って、今はもうギャルのようだ。でも正直今の感じの方が壁がなくなって話しやすく思えてしまう。

「誘惑作戦かあ……」

「そう、もう私のこのナイスバディでイチコロのはずだったんだけどなあ、この学校の男子ってみんなあんな感じでピュアっぴゅあなの？」

「ピュアっぴゅあ……」

「そう、ピュアっぴゅあじゃない、三谷君。それにさっきまで一緒にいた桜ちゃんも。何が起きたのか分かってないでしょ？」

「……ピュアっぴゅあかどうかは分からないけど、多分あの二人は特別純粋だと思うよ」

　私がそう言うと、百合香は納得するように小さなため息をついた。

「……特別かあ、でも確かにそんな雰囲気あったよね。だから私も急にスイッチ入っちゃったのかなあ。なんか割って入りたくなったんだよね。悪戯心《いたずらごころ》っていうかさ、でも特別な二人ならそんなの敵《かな》うわけないよね」

「……うん、二人は主人公だから」

「なにそれ」

「ただの私の勝手な見解」

「じゃあ私はただの負けヒロインね」

「自分でヒロインってつけるだけ大したものだと思うよ」

私がそう言うと百合香が笑った。やっぱり今の方が圧倒的に話しやすい。驚きこそしたけれど、こんな一面を見ることができて、逆にこれから仲良くなれそうな気がした。

百合香は、純粋な少女漫画の中に一人だけ、ドタバタ学園ラブコメのノリで入ってきたような子だった。タイミングとフィーリングはバッチリだったのに、とんでもないハプニングを起こしてしまったのが運の尽きだったみたいだ。

「あーもう歌お！　歌い直そう！　花ちゃん行こっ！」

私の腕を引いて、百合香が走り出す。本当に行動力抜群。そして気持ちの切り替えの速さもピカイチだった。

「みんなドリンクバー長すぎだよぉ……」

部屋に戻ると、今にも泣きそうな顔をした小島が一人で待っていた。

それから百合香はマイクを手にすると、「よっしゃいくぞー！」と高らかに宣言をして、マキシマム ザ ホルモンの『ぶっ生き返す!!』を入れた。部屋の中にデスボイスが響き渡って、百合香はさっきの鬱憤《うっぷん》でもはらすように頭をぶんぶんと振り回す。

「こっちの方がさぁ！　簡単にビブラートつくでしょうがあぁあぁあぁあっ！」

隣でその光景を見ていた小島はまた泣きそうな顔になっていた。

でも私はお腹を抱えて笑ってしまった。

負けヒロインにもなれない友達その一の役どころだけど、これでもいいのだと気を取り直して、百合香と一緒に頭をぶんぶん振って歌った。

○

正直言って桜と陽介は、この日から付き合い始めたものだと思っていた。だってカラオケから抜け出して、二人で街へと繰り出すことになったのだ。二人は好き同士ということが分かっていた以上、後はタイミング的にも勝手にくっつくものだと思っていた。

ただそこでまた新たなハプニングが邪魔をしたようだった。

「私も告白しようと思ってたんだけどさ……」

翌日の学校の下駄箱で桜は私を見つけるなり、申し訳なさそうに話を切り出した。

「あの後ね……、はなが言っていた通りに二人でパフェを食べに行くことにしたの。ファミレスのだけどすっごい美味《おい》しかった。それで今までに学校で話さなかったようなこともたくさん話して盛り上がって、これはいけるって思って近くの江戸川《えどがわ》の河川敷まで散歩することにしたんだよね……」

そこまで来たら最高のシチュエーションに違いなかった。失敗する理由が見当たらない。なんといったって二人は好き同士なのだ。

「着いた時は夕方で、川に夕日が落ちかかっていて、私から見てもこれが告白の完璧なタイミングだって思った。さっきあんなこともあったし、またいつどんなことが起きるかわからない。だからちゃんと告白しようと思ったの。というか三谷君の方からも話があるって言われて、雰囲気もすごくよくて、でも……」

「でも？」

まだそこから状況が覆る理由がわからない。

しかしその後、私も想像できなかったような出来事が起きていたのだった。

「なんか、近くでよく分からない叫び声をあげるおじさんがいて……」

「……よく分からない叫び声をあげるおじさん？」

今までに聞き慣れないワードだった。桜も人生で初めて口にした言葉に違いない……。

「うん、『うぐあああぁぁあああ！』とか、『ぬぐおおおぉぉおおっ！』とか、『う、ぅわあぁぁぁああっ！』って一人なのに大声で叫んでて、私たちの話し声もかき消されるくらいで……」

「……なんなのよ、そのおじさん」

このストレス社会のせいだろうか。相当ストレスが溜《た》まっていたみたいだ。それにしても二人のシチュエーションがこんなに極まった時に現れなくてもよかったはずなんだけど……。

「それで告白のムードもなくなっちゃって、昨日は結局解散することになって……」

「まあ、それは確かに仕方ないか……」

なんていう種類のハプニングだろう。きっとこんな事例はどんな恋愛の教科書にも載っていないはずだ。やっぱり二人の恋は一筋縄ではいかないのだと改めて痛感する。

ただ、明るい兆しもあった。

「……でもね、ちゃんと約束はしたの！」

桜がぎゅっと手を握って言葉を続けた。

「今度ね、また二人で遊ぶ約束をしたの。テストが終わった後だから再来週になっちゃうけど、その時に必ず告白をするつもり。というか絶対にするから！」

桜の言葉には熱意がこもっていた。あの引っ込み思案の桜とは思えない強い意志を感じる。

その理由には少なからず、私のことも関係していたみたいだ。

「はなにもたくさん助けられて応援してもらったからね。またここで怖気《おじけ》づいてる訳にはいかないと思ったの。自分の為だけじゃなくて、はなの為にも頑張ろうと思ったら前よりも勇気が湧いてきたんだ」

「桜……」

桜は本当に純粋な良《い》い子だと思う。本当にその言葉をまっすぐに伝えてくれているのだ。

私も桜の前では、素直な人間でいたいと思わされてしまう。

「……次こそ必ずうまくいくよ、応援してるから」

私がそう言うと、桜が明るい声で答えてくれた。
「ありがとう、はな」
そう言って、桜は笑った。
その笑顔を見て、今度こそすべてうまくいくと思った。
もう障害はすべて取り除かれたのだから。
きっとこれからの二人に待っているのは甘酸っぱい青春だけに違いない。
そう確信していた。
――でもこの数日後、また二人は運命に翻弄《ほんろう》されることになる。
神様は、どこまでも二人に試練を与えるみたいだ。

○

――陽介が転校する。
その事実を伝えられたのは、本当に本当に、本当に突然のことだった。
親の仕事の都合ということらしい。こんな時期だけど、こっちに親戚《しんせき》のツテもなく一人暮らしも難しい状況なので、転校するしか選択肢は残されていなかったみたいだ。その先の進路のことは聞いていない。というか陽介の転校の話を聞かされたのも担任の先生からだった。もう学校はテスト期間に入っているので、陽介が次に登校してくるのはテスト期間が終わった後の、ささやかなお別れの会の日だけということである。

本当に、あまりにも突然のことだった。当たり前のようにそこにいてくれた陽介は、この校舎から姿を消してしまうのだ——。

「……」

テストが終わってから、私が行ったのは中庭だった。いつも水をあげている花壇がある場所。でも既に今日は誰かが水をあげた後のようだった。陽介の転校の話を聞いてショックを受けて、水をあげるのを怠っていた数日の間も水をあげてくれた人がいたみたいだ。

その人のおかげもあったのか、花壇に植えられた植物はひとつも枯れていなくて、今にも花をつけようとしている。

そこにちょうど桜がやってきた。

「……水をあげてくれたのは桜？」

桜は首を小さく横に振った。

「……ううん、違う」

私も違うと分かっていて聞いた。桜にそんなことを気にかける余裕はなかったはずだ。でも些細《ささい》なことでもいいから話をしたかった。ここ最近の桜の表情はずっと暗い。心ここにあらずという感じが伝わってきていた。正直言って教室の中でも話しかけるのが憚《はばか》られるほどだった。

あれから桜の下には、陽介からの連絡があったらしい。陽介からしても転校のことは本当に突然聞かされたみたいだ。ショックを受け止めるのに陽介自身も時間が必要だったに違いない。

その気持ちは私にもよく分かった。こんなにも突然の別れに私も胸が苦しくて仕方なかったから……。

「……私が三谷君のこと好きって最初に気づいたのは、はなだったよね」

桜が呟《つぶや》くようにそう言った。

私はなるべく明るい表情で答えようと努めた。桜のその暗い顔を、少しでも明るいものに変えたかったから。

「そりゃあんなにジロジロ見てたら気づくってば。バレバレだったもん」

「ジロジロなんて見てないよ、もう」

「ごめんごめん、じーっとくらいだったね」

「……それなら、当たってるかも」

桜はほんの少しだけ笑ってくれたけど、またすぐに寂しそうな顔に戻ってしまう。

「……私、教室の窓からサッカーしてる三谷君を見ているのが好きだった」

「……うん、知ってる」

「……私、隣の席から三谷君の横顔を眺めるのが好きだった」

「……それも知ってる」

「……もっと早く告白すれば良かったな」

「……私何度もそう言ったよ」

「……でも、告白していてもどうなってたんだろうね」

桜が一際、声を振り絞るように言った。

「桜……」

私にはその言葉の意味がすぐに分かってしまう。

——もっと早く告白をして、たとえ付き合い始めたとしても、この別れの時は必然的にやってきたのだ。

だとしたらどうすればいいのか分からない。付き合ってからすぐ別れる可能性もあった。付き合って時間が経って、今よりも離れがたい関係性になってからの別れもありえたのだ。

もしもそうだったとしたら、どんなことをしたとしても最善の策はなくなってしまう。

「……でもほら、もしかしたら大学でまた再会できたりもするかもしれないし、連絡だってとるのはいつでもできるだろうし」

私が苦し紛れに言った言葉は、桜の心には何も響かなかった。

「……そんなのどうなるか分からないよ。それに、もうこれから先の残りの高校生活に三谷君がいないのは変わらないんだよ」

本当にその通りだった。

この青春と呼ばれるかけがえのない高校生活の中から、もう陽介はいなくなってしまうのだ……。

「……」

これを運命と呼ぶのだろうか。

私には分からない。

運命だとしたら、なぜ自分たちの人生なのに、こんなにも好き勝手に翻弄されなければいけないのだろうか。
——あぁ、そうか。
桜と陽介が、主人公だからか。
だからこんなにも障害が待っているというのか。
でもそれなら主人公なんて、そんなにいいものではないのかもしれない。
主人公なんて、ならない方がいいのかもしれない——。
「……私、分からないよ、もうどうすればいいのか」
桜が言葉を吐き出すように言った。本当に想いを吐露したかのようだった。
私は今、なんて言葉をかけてあげればいい。
私は、どうすればいい……。
「……ごめん、私も分からないや」
うまく言葉を返すことができなかった。
桜の顔をまた明るいものに変えて、笑わせたかったのにそんなことはできなかった。
ただのクラスメイトの友達の私にできることなんて、あまりにも些細なことだった。
ヒロインの本当の危機を救うことなんて、脇役の私にはできなかった——。

「いやーみんなごめん。なんか俺自身まだ整理のつかない状況でびっくりしてるくらいなんだけどさ」

◯

お別れの会の当日、黒板の前に立って話を始めた陽介の表情は明るかった。

「こんな風になるなんて思ってもみなかったよ。卒業までまだ一年くらいはあって、それまではみんなと一緒に過ごせると思ってたんだけどさ」

だけどその明るさは作られたもので、途端に声色は変わっていく。

「……でも違ったなあ。……もっとやりたいことがたくさんあったよ。なんだかもうあっという間に終わった気がする」

陽介はクラスの誰とも目を合わせずに、天井を見つめたまま話し続ける。

「もっとみんなとこの校舎で過ごしたかった……、みんなと卒業したかった……、こんな急に変わることとなんてないと思ってたんだよな……」

私もそう思っていた。

このクラスの中にいるみんなも、きっとそうだったに違いない。

当たり前の毎日がずっと続いて、少なくとも卒業までは当然のように、みんなで過ごせるものだと思っていたはずだ。

でも、そんな当たり前なんてないのかもしれない。

——日常は、突然奪われる。

今回はたまたま転校だった。でもこれが次は何か大きな災害だったりするかもしれない。もしくは事故だったり、未知の感染症だったりするかもしれない。

日常の大切さに気づくのはそんな当たり前の何かが失われた時だ。

そういう時が訪れない限り、私たちは目の前の当たり前を意識することなく漫然と過ごしてしまっている。

もっと普段から存在する当たり前のことを大切にするべきだった。

そしてそれがもう二度と帰ってこない日々だということに気づかなければいけなかった——。

「……みんな、今までありがとう」

こんな大切な友達との別れを迎えて、私たちは初めてそのことに気づいたんだ……。

「三谷君……」

まだ会って間もない百合香も少なからずショックを受けているようだった。こんな時期に自分の転校と入れ違いに陽介がいなくなるなんて思っていなかったはずだ。

もっと付き合いの長いクラスメイトの中には泣いている生徒も何人かいた。

「うぅ……」

「三谷……」

私は今、どんな顔をしているだろうか。きっとひどい顔をしている。けど私よりも桜は今どんな顔をしているだろうか。

私は自分よりも桜のことが心配だった。

だから今の桜の表情が知りたかった。

だってそれでもしも桜が泣いていたら涙を拭《ぬぐ》ってあげることだってできるし、抱きしめてあげることだってできる。

でも今はそれもかなわない。

私の席は、桜の真後ろだからだ。

「……」

私はこんな席じゃなくて良かった。

主人公の席なんかじゃなくて良かった――。

話し終わった後の陽介の下には、クラスメイトたちが集まっていた。
クラスでも人気者で友達が多かったから、その中で陽介はもみくちゃにされていた。
最後には陽介の笑っている顔も見られてそのことに少しだけ安心した。
それから最後に集合写真を撮ることになった。
陽介と他の男子たちが中心のあたりに集まって、私や桜は端っこの方に写った。
桜と陽介が一緒に写る写真は、この時の一枚が初めてだと気づいた。
「……」
私はこんなことでも後悔していた。
もっと二人が並んで写る写真を撮ってあげれば良かった。
あのカラオケの時だって並んで座っていたのに……。
それに教室の中でもいつも並んで座っていたのに……。
その後ろ姿を撮ってあげれば良かった。
「……ごめんね、桜」
声にならない声でそう言った。
本当に私が桜にしてあげられたことなんて、なにもなかったのかもしれない。

○

お別れの会が終わって下校の時間を迎えた後の教室は、ぽっかりと穴が開いたかのようだった。いつもの教室に戻ったはずなのに何か大きなものが足りていない気がする。これで明日《あした》から前と同じような日々が戻ってくるなんて信じられないくらいだった。

今教室に残っているのは私と桜の二人だけだ。百合香もさっきまで残ってくれていたけど、気を遣って私たちを二人にするように先に帰っていった。

黒板に書かれた陽介へのメッセージは一通り消して、あらかた後片付けは終えたところだ。『さよなら陽介』と書かれた文字を消すときにはなんだか勇気がいった。でもこの役目は桜には任せられなかったし、私がやるしかなかった。チョークの粉が、ほんの少しだけあたりに舞った。

「……最後もあんまり三谷君と話せなかったな」

桜が窓の外の景色を眺めながら、呟《つぶや》くように言った。

その場所は、前から陽介がサッカーをしているのを眺める時の、桜の特等席だった。

「陽介はクラスの人気者だったからね。本当に転校は突然のことだったし……」

「本当に、突然だったよね……。三谷君、もっとやりたいことがたくさんあった、って言ってたなあ……」

「……桜も、何か陽介とやりたいことがあった？」

「……私は、たとえ最初で最後だったとしても、三谷君と二人で週末に遊びに行きたかったかな」

そういえばそうだった。桜は陽介と遊びに行く約束をしていたのだ。そこで仕切り直しの告白をするはずだったのだ……。

「……二人でどこに行く予定だったの？」

私が尋ねると、桜が無理に笑ったような顔をして答えてくれた。

「そんなにはちゃんと決めてなかったんだけどね、船橋《ふなばし》のららぽーとで買い物をして、その後IKEAでソフトクリームを食べようとか話はしてたなあ」

ある意味定番とも言えるデートコースだ。でも好きな人とする定番デートは格別だろう。どこへ行くとか何をするとかは、そんなに大事なことではないはずだ。

ただそばに好きな人がいてくれるということが、桜にとっては一番大切だったはずだから。

「あっ、そうだ」

その時、既に帰りの支度を始めていた私に向かって、桜が何か思い出したように言った。

「私、実を言うと転校の話を聞かされた後に一人でらぽーとに行って買い物してきたんだよね。一人でなにやってんだろうって感じではあったんだけど……」

そう言って少しだけ恥ずかしそうな顔をしてから、桜が私の目の前にやってくる。

陽介のためにプレゼントを買ったのだろうか。でもさっきプレゼントを渡した様子はなかった。もしかしたら桜のことだから、引っ込み思案が災いして、上手《うま》く渡すタイミングを見つけられなかったのかもしれない。だとしたらそれもまた大きな後悔になってしまいそうだ。

――私の目の前に出されたものは、その予想とはまったく違っていた。

「これ、はなにプレゼント」

「えっ？」

桜が差し出したのは、小さな花がモチーフのシュシュだった。

そんなプレゼントがこの場で出てくるなんて、私は想像もしていない。

「……なんで、私に？」

突然のことに驚きを隠せない。だってプレゼントと言うからには、てっきり陽介に宛《あ》てたものだと思っていた。私にプレゼントなんて思ってもみなかった。

桜は、私の目をまっすぐに見つめて笑って言った。

「大切な友達だからだよ。それに、はなにはたくさんお世話になっているからちゃんとお礼を言っておきたかったんだ。もしも三谷君と出かけることになっても、二人ではなへのお土産を買おうって最初から決めてたんだよ。受験に向けた合格祈願のお守りとかと悩んだんだけどね」

「そんな……」

そんなことを桜が思ってくれていたなんて、全然知らなかった。

その言葉を聞いただけで、今までのことが報われた気持ちになってしまう。

それくらい、本当に嬉《うれ》しかった。

「桜……」

——でも、このままでいいんだろうか。

だって私だけが、ハッピーエンドを迎えてしまった。

「……」

そんなままで、いいはずがない——。

「……陽介のこと、本当にこのままでいいの？」

私は桜にもハッピーエンドを迎えて欲しかった。

主人公の二人にも幸せな結末を迎えて欲しかった――。

「はな……」

こんなあまりにも突然な、そして不本意な別れを迎えてしまった。

でもこのままでいい訳がない。

一番そばで見ていた私が言うんだから間違いない。

桜には後悔して欲しくなかったけど、私だって二人の結末に後悔したくなかったのだ。

「……私はいけないと思ってる。絶対大人になってからも後悔するよ！　あの日告白しておけばよかったって。だから最後だとしても、ちゃんと想いを伝えた方が良《い》いよ！　桜はこんなにも大切に、純粋に、陽介のことを思っていたんだから！　絶対想いを伝えた方が良いに決まってる！」

私の言葉に、桜は逡巡《しゅんじゅん》するような顔を見せる。

「でも、もう遅いんじゃないのかな、転校することが決まって、遠くに離れていっちゃうのに、今更想いを伝えても……」

そんな桜に向かって、私はまっすぐに言葉をぶつける。

もうそうするしかなかった。

「想いを伝えるのに、遅いなんてことはないんだよ。想いはとびっきり速くて、この世界で一番速いくらいなんだから」

だって、ここが桜の友達としての、一番の見せ場のはずだったから——。

「はな、どういうこと？　想いがそんなに速いって……」

まだなんのことを言っているのか理解していない桜に向かって、私は言葉を続ける。

「……新幹線の名前だよ。新幹線って音のこだまや、光の速さのひかりよりも、たくさんの駅を飛ばしてあっという間に目的地に着いちゃうのぞみが一番速いの。のぞみって望みでしょ。つまり、——人の想いだよ。だから人の想いは音よりも光よりも速いんだよ」

「人の想いは、音よりも光よりも速い……」

こんなことを知っていたのは、小島のおかげだった。以前とある雑学の一つとして教えてもらったのだ。あの突然始まるクイズも無駄ではなかったのだ。

——そして私は最後に、ちゃんと自分の言葉で桜に気持ちを伝える。

「大丈夫、桜ならできるよ。今からだって遅いなんてことは何もないから。それにまた大学で会えるかもしれないし、大人になってからだってまた会えるかもしれない。時間とか距離なんて何も関係ないんだよ。そんなの全部跳ね返しちゃうくらいの不思議な力が桜と陽介にはあるの。二人は特別なのよ。だからどんな障害があってもきっと乗り越えられるはずだから」

「はな……」

「それに大変な時はまた親友の私が助けてあげるからさ、ねっ」

そこで桜が明るい顔を見せて笑って、それから花びらがひらひらと散るみたいに綺《き》麗《れい》な涙をこぼした。

「ほら、もう泣かない泣かない」

「ありがとう、はな……」

最後にぎゅうっと抱きしめて私の力を桜に送った。ちゃんと桜が陽介に思いを伝えられるように、私の気持ちをたっぷりと込めて――。

「……行ってきな、桜」

私がぱっと体を離すと、桜は走り出した。

「行ってきます！」

桜の姿はあっという間に見えなくなって、教室に残されたのは私一人だけになった。

「……がんばれ、桜」

　——これで、私の役目は終わった気がした。

　主人公の二人のために、友達の私にできることは最大限したはずだ。

　もうここから先は二人が紡いでいく物語になるだろう。

　きっとこれまでよりも素敵な青春の一ページが何枚も描かれるはずだ。

「……私もそれなりの青春はしたかったけどねえ」

　ふと自分自身のことを振り返ってみると、もう三年生だというのに、この高校生活でいまだに告白をしたこともされたこともないのに気づいた。

　せめてデートに誘われたりするくらいのイベントは起きてほしいがそれすらない。

　神さまのシナリオは相当シビアみたいだ。

　まあ、そうすべてがうまくいく訳ではないのだろうけれど。

「……さて、私も帰ろうかな」

　そんなことを呟《つぶや》いた時だった——。

「花子！」

　教室のドアが開いて、不意に名前を呼ばれた。

「えっ……」

そこに立っていたのは小島だった。

いつになく真剣な表情をしている。何をしにここへ来たのだろうか。まったく状況が分からなかった。

でもいつもとは様子が違うように思える。なぜならこのシチュエーションがあまりにも特別な空間を作り出していた。

誰もいない放課後の教室。

西日が差し込んでいる窓際の席。

風で揺れるカーテン……。

いつもは小島と会っても緊張する気持ちなんて一切ないのに、今は心臓の鼓動が強く聞こえる。

もしかして、ここで告白でもされるのだろうか。そしたらなんて答えよう。全く考えていなかった。

もちろんオッケー！　いや、これは軽いか、なんかムードが台無しだ。

いったん考えさせて？　いや、そんな保留して話が流れたら元も子もない。

こちらこそよろしくお願いします。うん、これが素直な感じで良い。

普段は使わない敬語をここでだけ使うことで特別感が出る気がする。

でもまだ告白と決まった訳ではない。

デートのお誘いくらいかもしれない。

けどそれでもいい。

その時も、「こちらこそよろしくお願いします」と答えよう。

なんだかすごい甘酸っぱいことをしているみたいだ。

ようやく私にも青春が——。

そして、小島がゆっくりと口を開いて、二文字の言葉を言った。

「……ゴミ」

「えっ？」

絶対に聞き間違いだと思った。

もしくは「スキ」の言い間違いだと思った。

でも、そうではなかった。

「お前日直だろ？　教室のゴミ、帰りに出してってくれよな。それ伝え忘れてたからさ」

「教室の、ゴミ……」

「じゃ、よろしく～」

そう言ってあっさりと小島が去っていく。

教室に残されたのは私だけになった。

いや、正確に言うと私とゴミだけになった。

「はぁっ？」

神様のシナリオはシビアというか、辛辣《しんらつ》だ。

○

「ったく、なんで私に待ってるのは青春じゃなくてゴミなのよ、もう！」

もはや不満しか出てくることはない。甘酸っぱい青春をイメージしていたのに最後に手にしているのは大きなゴミ袋だ。

まるでハッピーエンドの後のエンドロールで、余計なオチがついたかのような展開だった。

「よいしょっと」

二つの大きなゴミ袋をゴミ捨て場に置いて、それから中庭を通って校門へと向かう。

その途中であることに気づいた。

今日ゴミを捨てに来なければ気づくことはなかったかもしれない。

思えばここに来るのにも少しだけ時間が空いていた。

中庭の花壇の前。

そこには、ある光景が広がっていた。

――美しいユリや、バラの花が咲き誇っていたのだ。

「綺麗《きれい》……」

この光景を見られたのは私だけではないだろう。さっきまでここに立っていた男子生徒がいた。きっとこの美しさに、目を奪われていたのだろう。その気持ちもよく分かる美しさだった。

ユリは一本ずつだけでも雄々しく咲いているし、バラの花はレースのような花びらをつけてあたりを華やかに彩っている。

そういえば、桜はバラ科だと小島が言っていた。

バラも桜も、ヒロインの桜にはやはりぴったりだと思う。

それから美しいユリの花もまた、百合香にぴったりだと思った。

両雄並び立つというか、主役と主役の花って感じだ。

「……」

スマホを取り出す。

それからパシャリと一枚の写真を撮った。

私が写真に収めたのは、花壇の中心ではなく、端っこに咲く小さな花だ。

今は外来種の繁殖もあって、ほぼ一年中花弁をつけているその花。

花言葉は愛の信託、真心の愛。

鮮やかな黄色の花びらが印象的な花だ。

そして何よりもその健気に咲く姿が、私にとってはとても綺麗に見えた。

子どもたちが、たん、ぽん、ぽん、と呼んでいたという一輪の花。

きっと、風に乗ってここまで飛んできたのだろう。

私は、これでいいのだ——。

第二話

戦隊ものの敵役
怪人ブルタン

私の名前はブルタン。

この星に咲く小さな花と同じ名前だ。幼少期は男の癖に花の名前と一緒だとからかわれることも多かったが、今は気に入っている。最近はその黄色い花を見つけると、穏やかな気持ちになるくらいだ。

この星の名前はバーチバ。

太陽系からも遠く離れた冷たい星だ。その中で私も含めて人間からは怪人と呼ばれるような、数多くの生物が暮らしている。

この星のトップは大王様。

誰よりも強く、気高い方だ。私たちは生まれた頃から服従を誓っていて、大王様の命に従うことを一番の責務としている。それはこの星に住む怪人たちの共通認識だった。

そんな大王様の命として、地球への探査及び戦いに駆り出された同志が何人かいた。

テクノロジーこそ我が星の方が格段に進んでいるが、資源の確保は大きな課題だったのだ。
しかしその出撃以降、帰って来た者はいない。
次の出番はいつになるのか、そして誰になるのか、それは大王様にしか分からない。
だから私も日夜トレーニングを続けた。
その命が下る日に備えていた。
この星を守るため、家族を守るため。
私はこの星が好きだ。
そして家族のことを愛している――。

これはそんなどこにでもいるような、正義のヒーローにとっては敵役の、一人の怪人の話だ。

○

「お父さーん！」
家に帰ると、「おかえり」よりも先に私を呼ぶ声が飛んできた。玄関に一番乗りで迎えにきてくれたのは息子のブルジだった。

「ただいま、今日も良《い》い子にしてたか」

息子のブルジは五歳。可愛い盛りだ。そして最近は家のムードメーカーでもある。ブルジがいるだけで、家の中が明るくなって部屋の温度まで上がるようだった。

そんなブルジに遅れて姿を現したのが、妻のブリュレだ。

「おかえりなさい、あなた」

「ただいま、ブリュレ」

二人のお迎えを受けて、これだけで今日の疲れは吹き飛んでしまう。廊下の向こうからは、とても良い香りが漂ってきていた。美味《おい》しそうな匂いは、幸せな香りに似ていると思うのは私だけだろうか。今は香りだけではなくて、この空間自体幸せな心地に包まれている気がする。

「お父さん、今日も必殺技のトレーニングしてたの?」

靴を脱ぐなりブルジから言葉が飛んできた。こうしてブルジの質問から話が始まるのが最近の帰宅後の決まり事だった。まさにムードメーカーたる所以《ゆえん》である。

「ああ、きっともう少しで完成するぞ。大王様だってびっくりするくらいの威力だからな」

私はハサミのような左手をぐいっと前に突き出して答えた。

「わぁ楽しみ！　お父さんはやっぱりすごい強いんだね！」

「もちろんだ、ブルジも早く大きくなって大王様のお役に立てるようになるんだぞ」

「うん！　今日だってご飯山盛り食べるからね。もうお腹ぺこぺこだよ」

ブルジが自分の小さなお腹をぺしぺしと叩《たた》くと、隣のブリュレが笑って言った。

「はいはい、じゃあもうすぐにご飯にしようね。今日はブルジもお父さんも大好きなニクジャーガだから」

「やったあ！　ニクジャーガ大好き！」

「ブルジはちゃんとニンジーンも食べられるようにしなきゃだめだぞ」

「わかってるよお、好き嫌いはなるべくしないもん！」

「なんだ、なるべくかあ」

その控えめな発言に小さな笑いが起こる。こうやって家族で過ごすだけで自然と笑顔になってしまうのだ。さっきまでトレーニングでくたびれていたはずの体も、今は嘘のように軽い。まるで眠りから覚めてさわやかな朝を迎えたばかりのようだった。

――そんな私にはいくつかのささやかな夢がある。

その一つが、いつかはブルジと一緒にトレーニングをするというものだった。地球の親子がキャッチボールをするように、私たちもビームを繰り出し合うのだ。私も八歳くらいの頃だっただろうか、父親とそうやって過ごした。そしてそのトレーニングの中で、父親の偉大さを知ったのだ。

だから私もその日が来ることを心から願っていた。

それがいつになるのかは、まだ分からないけれど。

○

「こうして大王様は、勇敢な仲間と共に敵を倒し、無事にこの星に平和が訪れたのでした……」

夕飯を食べ終わって風呂《ふろ》に入ってから、寝る前に絵本の読み聞かせをするのは私の役目だった。

「ふぅ……」

ブルジはすっかり寝入っている。どのタイミングで眠りに落ちたのかは分からない。ブルジにとっては結末自体はそんなに気にならなかったのだろう。この物語はもう何度も読み聞かせたものだったから。

「あなた、寝かしつけてくれてありがとう」

寝室にブリュレが入ってくる。私もそうだが、妻ももう寝る準備はできているみたいだ。

「いやあ、私も一緒に眠ってしまいそうだったよ」

「トレーニングで疲れているのね」

「どうだろう、なんだかあまりにも平和で安心しきっているのかもしれない」

本当にそう思っていた。今はとても心穏やかだ。ゆったりと時間が流れている。こうやって親子三人でベッドの上に並んでいると、日々の雑事をすっかり忘れることができた。

「それは私も一緒かも」

ブリュレがブルジの寝顔を見つめて言った。

本当に私と同じように思っていたのだろう。なんの陰りもない柔らかな笑顔が証明していた。

「……なあブリュレ」

私は問いかけるように妻の名前を呼んだ。

「どうしたの？」

「……私は今とても幸せだよ」

唐突な私の言葉に、ブリュレはまた「どうしたの?」なんて言うのかと思ったけど違った。

「それは私も一緒よ」

さっき言っていたことと、ほんの少しだけ言葉尻《じり》を変えてそう言ってくれた。

「私もとても幸せ」

そして念を押すようにそう言った。

「君がそんな風にはっきりと言ってくれるなんて思わなかったな」

「だって私も心からそう思ったのよ。急に言葉にして伝えたくなったあなたと一緒でね」

こんなことでまた、私は幸せを感じていた。

「おやすみ、ブリュレ」

「おやすみ、ブルタン」

私たちはお互いにそう言った後に、示し合わせた訳でもないのに最後に声をそろえて言った。

「おやすみ、ブルジ」

本当に、幸せな時間だった。

こんな時間がいつまでも続けばいいのに、と思う。親子でトレーニングをする夢を叶《かな》えるのと同じように、強く願った。

でも、どれもこれも叶わぬ夢だったと、すぐに思い知らされることになる。

○

——次の日、大王様から突然呼び出しがかかった。

私が林の中でトレーニングをしている最中のことで、しかもちょうど必殺技が完成したタイミングだった。ある意味天啓ともいえるタイミングだったのかもしれない。

私は汗を拭《ぬぐ》って、すぐに大王様のいる宮殿に向かった。こうして宮殿に呼び出されるのはそんなに多いことではない。不測の事態に何か嫌な予感はしていたが、まだ私の身に何が起きるのかは分からなかった。

その答えの全てを知っているのは、大王様ただ一人なのだ——。

「よくぞ来てくれたな、ブルタン。こんなにも早く我が宮殿に来てくれるとは思わなかったぞ」

「お褒めの言葉ありがとうございます」

大王様は上機嫌なようではあるが、圧倒的なその雰囲気に自然とひざまずいてしまう。こうして話ができるだけでも私にとっては誉れの時間だったのだ。

「そういえば、今日は門前にジェラミスの姿が見当たらなかったようですが……」

私が宮殿に入る際に気になったことを尋ねると、大王様の表情が急に変わった。

「……今日、お前を呼び出したのはそのジェラミスが関係しているのだ」

「えっ？」

私はそこですぐに事態を把握しなければいけなかったのかもしれない。でもまだ何も思い浮かばなかった。というか考えないようにしていたのだ。

ジェラミスの身に何かあったなんて思いたくなかった。まさか、ジェラミスがここにいない理由は……。

「……ジェラミスがやられたのだ。地球のジャスティスレンジャーの手によってな」

「ジェラミスが、やられた……」

ジェラミスは私の一つ上の、いわば先輩に当たる怪人だった。後輩の面倒見が良い兄貴肌で、公私共にお世話になった先輩だった。

　でもそのジェラミスが、地球へと戦いに赴いていたなんて知らなかった。余計な心配をかけまいと、私には何も告げなかったんだ。そしてジャスティスレンジャーにやられてしまったなんて……。

「……これで二人目の犠牲者だ。ジャスティスレンジャーはなんとも手ごわい相手でな。そこでお前をここに呼んだ訳だ」

　大王様のその言葉だけで、私にはすべてが分かってしまう。

「次は私、ですか……」

「ああ、その通りだ。お前は話が早くて助かるぞ」

「……」

「今も褒めてやったのだが？」

「お、お褒めの言葉ありがとうございます！　大王様！」

　慌てて頭を下げる。心と体が連動していなかった。胸の奥はひどく震えて動揺を隠せないままだ。

　――とうとう来た。

　私の番になったのだ。

　故郷の星、バーチバを離れて戦いの場へと出陣することになる。

そしてジャスティスレンジャーと戦うのだ。

今度は、私が……。

「お前には勝算があるからこそ、ここへと呼んだのだぞ。新しい必殺技も手に入れたようだからな」

「……すべてお見通しだったのですね。……流石です、大王様」

すべては大王様の掌《てのひら》の上での出来事。そして私はその掌の上で精いっぱい踊ることしかできない。それはこの星に生まれた以上、宿命のようについて回るものであったのだ。

「出陣の時間は明朝、地球時間で日曜の九時半だ。わずかな間だが、それまでは自由に最後の時間を過ごしておくといい」

「……はい」

何もかもが急だった。家族に別れを告げるのにも、今日の夜しか時間はない。でもそういうものなのかもしれない。私はジェラミスがこの星を出たことさえ知らなかった。思えばその前のバベルの時もそうだった。最後に別れの挨拶《あいさつ》をすることすらもかなわなかったのだ。

そしてバベルも、ジェラミスも、この星には帰って来ていない……。

「……ブルタン」

大王様が、さっきまでの硬い表情を崩して、私の名前を呼んでから言った。

「……家族との挨拶もちゃんと済ませておくんだぞ」

さっきまでとは全く違った、温かな表情を大王様が見せていた。

「大王様……」

「……まだ子どもも幼いお前にはこんな役を任せたくはなかった。それでも今ジャスティスレンジャーに勝算のある奴がお前くらいしか見当たらなかったのだ。……すまない」

「そんな、お顔をあげてください！　大王様！」

大王様が頭を下げることなんて滅多にない。あってはならないのだ。そうまでしてくれた大王様の気持ちが、痛いほどに分かってしまった。私の心の中に流れ込んでくるかのようだった。

大王様は、元はと言えば田舎の農村の出の人だ。だからこそ、民の痛みが分かる人だった。自然と生きてきたからこそ小さな命を大切にするし、仲間と共に生きることの大切さを知っていた。純粋な心の持ち主で、人を疑うことさえ知らないと言われていたのだ。

それでも大王というポジションについてからは、周りを不安にさせないためにも、無理に厳格な振る舞いをしていた。心の奥底はずっと痛んでいたに違いない。今までの仲間たちがやられてしまったことにも、本当に心から胸を痛めていたのだ。

私にはその苦しさが、切々と伝わってきていた……。

「こんな姿、ほかの仲間には見せられないな……」

「ええ、このことは私は決して他言しません。墓場まで持っていきます」

「ああ、そうしてくれ。だがお前が墓場に行くのはまだまだ先だぞ。またこうしてこの星に戻ってきてくれることを心から願っているからな」

「大王様……」

大王様は、いつものような毅然《きぜん》とした態度で、最後にこう言ってくれた。

「この星の命運をお前に託したぞ、——ブルタン」

○

「今日は遅かったのね、お疲れ様」

私が家に帰って来たのは、ブルジの寝かしつけも終わった頃のことだった。それでもブリュレはリビングで起きて待ってくれていた。

「ああ、すまない。ちょっと色々あってね……」

帰りの足が遅くなったのは、大王様の呼び出しを受けていたからだけではない。家に帰って家族になんと言い出せばいいのか分からなかった。その答えがずっと出なかった。

そうやって考え事をしているうちに、自然と歩を進めるのがゆっくりになってしまった。私たちに残された時間はもう少しというのは分かっていたけれど……。

「今から何か食べる？　そしたら夕飯温めるけど」

「……どうだろう、この時間だからもう明日《あした》にした方がいいかな」

「そんなにお腹は空《す》いてないのね」

「……そうだね、確かにそうかもしれない」

まだ私は何も言い出せない。こうしている間にも別れの時間が刻一刻と迫っているのに、最初の一言がどうしても出てきてくれなかった。

この言葉が喉《のど》の奥に詰まっているせいで、食欲が湧かないのかもしれない……。

その時ブリュレが言った。

「ねえ、知ってた？　あなた」

「知ってた？」

その瞳《ひとみ》はとても柔らかい。

慈愛に満ちている、そういう瞳だ。

「あなたって隠し事をしている時、右のハサミが揺れるのよ」

「ブリュレ……」

その一言が、私の喉の奥に詰まったものを引っ張り出してくれた。

ずっと黙っている訳にはいかない。

このタイミングで、全てを明かさなければいけなかった――。

「……実は、今度は私が地球に行くことになったんだ」

ブリュレはその言葉を聞いて、ハッとしたような顔をした後、すぐに冷静な表情になって頷《うなず》いた。

「そうなのね、あなたが地球に……」

「ああ、とうとうこの時が来てしまったみたいだ。いつかは、とは思っていたがこんなにも突然なんてな……」

「……出発の日は、いつなの？」

「……明日の朝だ」

「……本当に、突然すぎるわね」

そこでまたブリュレが悲しみの表情を浮かべる。でもまたすぐに冷静な表情に戻るのだと思った。私はこの星の戦士だ。ブリュレもその妻としての覚悟はできている。

ただ、そこでブリュレがお腹を優しくさすってから言った。

「よりによって、こんな時じゃなくてもいいのにね」

「まさか……」

「……今度は女の子みたい」

「そんな……」

こんなことがあるのだろうか……。

ブリュレだって今どうすればいいのか分からないような顔をしている。私も今、どんな顔をすればいいのか分からなかった。驚きと喜びと悲しみと色んなものが混ぜ合わさっていた。

もしも出陣の命が下っていなければ、新たな生命の誕生を二人で手を取り合って喜び合ったはずだ。

だけど、私は明日この星を発つ。

もしかしたら私は生まれてくる娘の顔を見ることすらできないのかもしれない。

「……必ず、生まれてくる我が娘の顔を見に戻って来るよ」

ブリュレの表情を、喜びだけにしたくて私はそう言った。

今一番安心する言葉をかけてあげたかったのだ。

「心配はいらない。私は必ず戦いに勝ってこの星に戻って来るよ！」

そう言って、ブリュレのことを抱きしめようとした。

でも――。

――私の右のハサミはぶるぶると震えていた。

「こ、これは、なにか隠し事をしている訳じゃなくて……！」

「……分かってるわ、あなた」

そう言ったブリュレの顔は、もう何か決心した表情になっていた。

それからまっすぐな瞳で私を見つめてこう言った。

「これはとても名誉なことなのよ。大王様のため、そしてこの星のためにも、あなたはジャスティスレンジャーと戦うんだから」

「ブリュレ……」

「それに、あなたには私たち家族がついている。どんな時でもあなた一人じゃないわよ。私もブルジも、そして娘もここにいるんだから」

ブリュレがお腹に手を当てながら言葉を続けた。

「あなたが帰って来るのを待ってる。私はあなたが勝つって信じてるから」

「あぁ……」

その言葉が、何よりも嬉《うれ》しかった。私が今、一番かけて欲しい言葉だった――。

もう私の右のハサミの震えは止まっている。怖いものなんてないんだと、体が証明してくれていた。そして、心が後から追いついてきてくれた。

「そう言ってくれると、心の底から力が湧いてくるよ。今までずっと一人で不安だったんだ。あのバベルもジェラミスも倒したジャスティスレンジャーに私一人で立ち向かうことを考えると、足がすくんでしまっていたから……」

「大丈夫よ、だってあなたずっとトレーニングを頑張っていたじゃない。必ず勝つわ。……それにね、ブルジだってあなたのことを宇宙一強いパパだって信じているの」

「宇宙一強いパパ……」

「ブルジがそう言っていたから私もこうやって安心してあなたを送りだせるのよ。あなたが帰ってくる日には、私も宇宙一美味《おい》しいニクジャーガを作って待っているからね、この子たちと一緒に」

ブリュレがもう一度お腹を優しくさすって微笑む。その表情はやはり慈愛に満ちていた。全てを包み込むような温かさがそこにはあったのだ。

「……ありがとう、ブリュレ」

百人力の力が湧いてくるようだった。

瞳の奥からこぼれてくる涙を止められそうにない。その涙を見せたくなくて、彼女を抱きしめた。

「ありがとう、本当に……」

いや、それだけが理由ではない。

私はただ、彼女のことを抱きしめたかったのだ。

この想いを伝えたかった。

この温《ぬく》もりを忘れたくなかった。

そして、ちゃんとこの言葉だけは伝えなければいけなかった。

「必ず帰って来るからな。愛してるよ、ブリュレ――」

○

出発の朝はすぐにやって来た。一睡もできなかったなんてことはなく、いつものような気持ちの良い朝を迎えられていた。

「――それじゃあ、行ってくる」

玄関のドアが、いつもよりほんの少しだけ重く感じる。一歩を踏み出すと、日の光が差し込んできた。

「あなた、いってらっしゃい」

「お父さん、いってらっしゃい！」

ブリュレとブルジが家の外まで見送りに出てきてくれていた。特別な別れをするつもりはない。なぜなら私はまたこの場所に帰って来るからだ。だからこそそのまま歩き出すつもりだったけど、続いたブルジの言葉に私の足は一度止まった。

「お父さん、またね！」

「ブルジ……」

きっとなんの気なしに言った言葉だろう。友達と遊んだ帰り道に向けるような当たり前の言葉だ。

その言葉は今の私にとっては特別な意味を帯びていた。

私はちゃんと口にしてその言葉を伝えなければいけなかったのだ。

「……またな、ブルジ」

そして今度はブリュレの瞳《ひとみ》を見つめて言った。

「……必ず帰って来るからな、ブリュレ」

「……ええ、美味しいニクジャーガを作って待ってるわ」

日の光に向かって歩き出す。

「――行ってきます」

もう怖いものはない。震えの一つもない。

それどころか生まれ変わったような気分さえしていた。


「……昨日とは見違えた姿だ、ブルタン」

――宮殿にやってきた私を見るなり、大王様がそう言葉をかけてくれた。

「そう、ですか？」

「ああ、良い面構えをしている、勇ましい戦士の顔だ」

私の決心は、大王様にもしっかりと伝わったみたいだ。その言葉が、また私の自信に繋《つな》がっていくのを感じられる。

戦いに赴くのには、精神的にも今が万全の状態と言えた。

「……家族にも、別れの挨拶《あいさつ》はちゃんと済ませられたか？」

大王様が、ほんの少しだけ言いにくそうに私に向かって尋ねる。その気遣いが分かったからこそ、私はできるだけ明るい声で返した。

「ええ、言いたいことはちゃんと伝えられました。でもそんなに仰々しいことはしていません。この朝もいつものように家を出てきましたから」

「そうか」

「はい。別れではなく、私はもう一度この故郷に帰ってくるつもりなので」

「ブルタン……」

大王様が私の瞳を貫くかのようにまっすぐに見つめる。

「ジャスティスレンジャーの討伐、お前に任せたぞ」

「お任せください！　必ずや勝利を手にしてみせます！」

もう迷いはない。声が震えることも、ハサミが震えることもなかった。

ただ、こうやって声を張り上げているのも、心の奥底では自分自身を奮い立たせる為なのは自覚している。

これから戦地に赴くのだ。

私にとっての初めての戦い。

そして最後になるかもしれない戦い――。

「……ブルタン。私のそばに来い」

その言葉を受けて真正面の位置でひざまずくと、大王様の大きな右手が私の頭上にかざされた。

すると途端に何か不思議な温かさに包まれて、意識がぼんやりとしてくる。

これから地球への転送が始まるみたいだ。

最後にかすかに聞こえたのは、大王様の声だった。

「……無事に戻って来るのを願っているぞ、ブルタン」


――

――

「こ、ここは……」

目を覚ますと、青い空が目に入った。バーチバの赤い空とは違う。目の覚めるような青々とした空だ。それに手をついてたのは土ではなく芝生の上だった。とても柔らかい。日差しの温かさもとても印象的だった。

「ここが地球……」

私がそのことを実感したのは、人間の子どもたちを見た時だ。その姿形はバーチバに住む子どもたちとはまったくの別物だ。公園で行われているサッカーも、なにか別の種目のスポーツをやっているように思えるくらいである。

「おっと、いけないいけない……」

草むらの陰から遠巻きにその姿を眺めていたが、慌てて気持ちを切り替える。あまりにも長閑《のどか》で平和な光景を見て気が削《そ》がれていた。

――任務を忘れる訳にはいかない。

この星にはジャスティスレンジャーと戦いに来たのだ。そして相手を倒さなければいけない。その為にはまずここからどうしようか。兎《と》にも角にも、ジャスティスレンジャーを見つけないことには全てが始まらないが……。

「行けぇシュート！」

「惜しい！」

「ナイスキーパー！」

「……」

でもなぜかやっぱり子どもたちの姿に目がいってしまう。すぐに表に出ていかないのは、目の前の子どもたちを怖がらせたくないという思いもあった。余計な危害を与えるようなことはしたくない。あくまで私の目的はジャスティスレンジャーだけなのだ。ここはなんとか事を荒立てずに、ジャスティスレンジャーとだけ接触を図る策を考えたいが……。

「……あっ」

その時、ある人物と目が合ってしまった。

「……」

公園外側をジョギングしていたおばあさんだ。

私の姿を見て、口をあんぐりと開けている。

「いや、私は、その……」

子どもたちに危害を加えたくないと思っていたが、目の前のお年寄りにだってそうだ。ジャスティスレンジャー以外の民間人をこの戦いに巻き込みたくはないのである。

「落ち着いて聞いてほしいのですが……」

柔らかな口調で、自慢のハサミだって閉じたままで敵意はゼロということを示した。

これなら種《しゅ》と種《しゅ》は違っても、きっと分かり合えるはずだ。

目と目を合わせて、丁寧に、真心を込めて……。

「ば、化け物よぉぉー！」

――そんなことは全然なかった。

〇

「くそっ……、こんなはずじゃなかったのに……」

走っていた。とりあえず今は走ってこの非常事態から脱出するしかなかった。しかし結局走るのも周りの注目を集めていて、なかなかこの状況から抜け出せそうにはなかった。

行き違う通行人は私を見て叫び声をあげるか、声も出せずに驚いて立ち尽くすばかりである。

もっとちゃんと作戦を練るべきだったと後悔していた。思えば戦いに赴く前は自分の心に整理をつけるばかりで、具体的な策は何も考えていなかった。

周りに余計な被害を出さずにジャスティスレンジャーと戦うためには準備がいる。あまり目立った状況は作り出したくない。それなのに今はこんな状況に追い込まれてしまった。

どうしよう、どうすればいい……。

このまま人気《ひとけ》のない場所へ移動しようかと考えたが、今更もう遅いのだろう。それに結局ジャスティスレンジャーが現れなければ、その策も意味を成さなくなる。

それならば今すぐにでも任務を遂行するしかないはずだ。時間が経てば経つほど騒ぎは広がる。だからこそこのパニックに乗じて、ジャスティスレンジャーをおびき寄せるのだ。

そしてジャスティスレンジャーが現れたタイミングで、民間人は離れるように警告すればいい。それなら充分このままの場所で戦える。

「よし……」

大丈夫だ、できる。私ならやれる。

もう私に残された道はこれしかないのだから——。

私が立ち止まったのは、大きな通りの信号交差点ど真ん中だ。車のクラクションが鳴り始めると一気に騒がしさが増して、大衆の目を引くことができた。

それから頃合を計って自慢のハサミを高々と掲げてから、なるべくドスの効いた声で雄叫《おたけ》びのような声を上げる。

「……出てこい！　ジャスティスレンジャー！　ここにいる奴らの命がどうなっても知らんぞー！」

私が高らかに叫ぶと、一旦《いったん》は遠巻きにして様子をうかがっていた人の波が、蜘蛛《くも》の子を散らすように一斉に動いた。

「キャー！」

「逃げろー」

「助けてジャスティスレンジャー！」

私に背中を向けて走りながら、誰かがそう叫んだ。

願ったり叶《かな》ったりの言葉だ。

私は地球のヒーローであるジャスティスレンジャーの敵。

それでいい。

民間人の悲鳴を聞いてこの場所に姿を現さない訳にはいかないはずだ。敵である私をバベルやジェラミスのように倒さなければいけない。

そして私の目論見《もくろみ》通り、ジャスティスレンジャーはこの場所に姿を現した――。

「とうっ！　出たな、新たな怪人め！」

「……よく現れたな、ジャスティスレンジャー」

名前こそ知っていたが、こうしてその姿を見るのは初めてだった。思っていたよりも威圧感や強さのようなものは感じない。身長も体格も私の方が一回りも二回りも上だ。ただその隆々と内側から漲《みなぎ》るエナジーは、離れていてもひしひしと感じられる。

目の前にいるのはヒーローだ。

確かにヒーローにふさわしい姿だった。

そして私は敵でしかない怪人である。

それからジャスティスレンジャーが私を強く指差して言った。

「みなを恐怖に陥れる諸悪の根源め！　今日も正義の鉄槌《てっつい》を食らわしてやる！」

「——望むところよ！」

——交差点の信号が、青に変わる。

それがバトル開始の合図だった。

「とおっ！」

「うりゃあっ！」

まずは相手が飛び蹴《げ》りをおみまいしてきた。見た目通り、敏捷性《びんしょう》には自信があるようだ。私はその飛び蹴りを胸に受けるが、そのままカウンター気味にパンチを繰り出す。

「はっ！」

しかし私のパンチは空振りに終わってしまった。

「やるな……」

それでも収穫はあった。というか、このファーストコンタクトに私は早速勝機を見《み》出《いだ》していた。これなら、いけるかもしれない……。

「とおっ！　それぃ！　やぁっー」

その後もジャスティスレンジャーの猛攻が続くが、やはり私の予感は確信めいたものに変わっていく。

スピードこそ圧倒的に相手の方が上だが、その一発一発はあまりにも軽かったのだ。明らかにパワーは私の方が上だった。

「そおりゃあっ！」

相手の雨霰《あめあられ》の攻撃が一瞬おさまった隙をついて、渾身《こんしん》のキックを繰り出す。

「ぐっ……」

ジャスティスレンジャーは腕で受け止めたが、その衝撃を抑えきれずに後方によろける。やはりガード越しでも私の攻撃は効いているようだった。

「くっ……、やるじゃないか怪人め」

ジャスティスレンジャーが不敵に笑う。まだなにか秘策でもあるのだろうか。それとも強がっているだけだろうか。

その真意は分からないが、ジャスティスレンジャーは突如動きを止めた。それから私たちの闘いを見守っていた通行人たちに向かって言葉をかける。

「みんな、近くにいたら危ないから離れてくれ！　私が時間を稼いでいるうちに早く！」

その言葉を聞いて、通行人たちも思い出したように走りだした。

「ありがとうジャスティスレンジャー！」

「頑張って！　怪人なんかに負けないで！」

「平和のために敵を倒してくれ！」

その声援にジャスティスレンジャーが応《こた》える。

「任せてくれ、みんな！　地球の平和は私が守る！」

「……」

私に背中を向けて手を振っていた。あまりにも隙だらけな背中だ。今襲い掛かれば相手はひとたまりもないだろう。この瞬間に私の編み出した必殺技を繰り出せば……。

「ふんっ……」

私はその場から動かなかった。まだ通行人の避難が済んでいなかったからだ。私の必殺技は攻撃の範囲が広く、周りに巻き添えを起こす可能性もある。だからこそこの状況では使いたくなかったのだ。

それにさっきを手を合わせた感覚では、必殺技を使わずともジャスティスレンジャーを倒せる感触はあった。

決して侮っているわけではないが、周りへの被害は最小限に抑えたい。それはこの星で戦うジャスティスレンジャーにとっても同じことだろうから。

「……どうした、疲れたのか？」

何もせずに待っていた私に向かってジャスティスレンジャーがそう言った。敵の私がそんな思慮深いことを考えているとは露ほども思っていないのだろう。

「何を言っている、まだ準備運動にもなっていないぞ。そぉりゃあっ！」

戦いのゴングが再び打ち鳴らされる――。

今度は私の方から、さっきまでのジャスティスレンジャーのお株を奪って猛攻を仕掛けた。

「どりゃっ！　そりゃっ！　くらえっ！」

「くっ……」

「どうしたジャスティスレンジャー！　お前の力はそんなものか！」

「うっ、ぐぬぬ……」

――追い詰めている。

私の方が明らかに優勢だった。これなら以前に組み手をしたバベルの一発の方がよっぽど重かった。そしてジェラミスの方が強かった。なぜ先陣の二人はこんな相手に負けてしまったのか……。

「どおりゃあっ！」

私が強くなり過ぎてしまったのかもしれない。あの血の滲《にじ》むようなトレーニングは無駄ではなかった。この時のために、ずっと己の技を研ぎ澄ませてきたのだ。

――いける。これなら勝てるはずだ。

そして無事にこの任務を果たして故郷に帰るぞ。また会えるんだ、待っていてくれよ、ブリュレ、ブルジ、そしてまだ見ぬ娘よ。お父さんは、宇宙一強い男として、もう一度お前たちのいるところに帰るからな――。

「くらえぇっ！」

私の連続したハサミの突き攻撃を食らって、ジャスティスレンジャーがうめき声をあげながら地面に転がった。

「うっ、くそぉ……」

既にこれでもう勝負は決したかのようだった。

「……どうしたジャスティスレンジャー、もうおしまいか？」

そこで私は、カチッ、カチッ、とハサミを使って音を鳴らす。

死刑宣告のようなものだ。

そして、そのハサミをジャスティスレンジャーに向かって突きつける。

最後の瞬間は、もうすぐそこまで近づいていた。

「く、くそおっ！」

「とどめだっ！　ジャスティスレンジャー！」

——勝った。

私は勝利を確信した。もう揺るぎのないものだと思った。

目の前がスローモーションになる。

私のハサミがジャスティスレンジャーの喉元《のどもと》に近づく。

後、数センチ。

後、数ミリ――。

――だが、その時だった。

「とおっ！」

「うぐあっ！」

肩に鈍い衝撃を受けた。

飛び蹴《げ》りだ。まったく予想のつかない方向から蹴りが飛んできた。

私が地面に手をついて顔を上げた瞬間、その蹴りを見舞った相手が一つ息を吐いて言った。

「ふぅ、危ないところだったぜ」

「待たせやがって、ブルー！」

「えっ？」

――一体、何が起きたのだろうか。

訳が分からなかった。

目の前にはジャスティスレンジャーが二人いる……。

新しく現れた青色のスーツ姿の男と、最初から戦っていた赤色のスーツ姿の男だ……。

でもこの男がブルーと呼ばれたということは……。

「レッド、お前は最近トレーニングを怠っているんじゃないのか？　やれやれだぜ」

「レッド……」

……やっぱりそうだった。

レッドとブルー。

まさかジャスティスレンジャーが二人もいるなんて聞いていなかった！

でも今更一人増えたところで私の優位は変わらないはずだ。私の方がさっきまでは完全に圧倒していたのだから……。

「……よ、弱い奴が一人増えようが関係ない、まとめてかかってこい！」

私がもう一度、奮い立って声を上げたその時だった。

「えいっ！」

「うげっ！」

今度は後頭部に衝撃が走った。チョップを食らったのだ。そしてそこにはまた新しい緑色の男が立っている。

「お前も来たか！　グリーン！」

「えっ、えっ」

さ、三人？　聞いていない上に、そんなのまたまた聞いていない。まさか三人もいるなんて。

これじゃ圧倒的不利じゃないか、形勢は完全に逆転だ。

それでもまだ私はここで諦《あきら》める訳には……。

「ま、まだまだぁっ！　三人まとめてかかってこい！」

「みんな、お待たせ〜」

「ぬぎゅっ！」

再び私が闘志をむき出しにして立ち上がった時、膝《ひざ》から崩れ落ちることになった。

私の体の上には黄色いスーツを着た巨漢の男がのしかかっている。

「お前はいつも通りの登場だな、イエロー！」

「はっ、はぁ……」

そのままのしかかられているだけでノックアウトされそうだったが、イエローの方から退いてくれた。それは決して優しさなんかではないのだろう。

だってここまで来たら私にもわかる。きっとこの流れは……。

「美味《おい》しいところの独り占めはさせないわよ！」

「いったぁ！」

今度は頬に痛みが走った。ビンタを食らったのだ。

目の前にはピンク色のスーツを着た女がいる。

ここまでくると予想通りではあったけど、ヒーローが美味しいところって発言は微妙におかしくないか。それは小狡《こずる》い奴がする発言じゃないのか。一体、なんなんだ、この状況は……。

「私たち五人、全員揃って……」

私の動揺なんてどこ吹く風のまま、ジャスティスレンジャーたちが横に並んでポーズを取った。

「ジャスティスレンジャー参上！」

「あ、ああ……」

これが、ジャスティスレンジャー……。

私は、勘違いをしていたみたいだ。ヒーローは一人とは限らない。レンジャーなら当たり前じゃないか。お約束を履き違えていたのは、私の方だった。私は勝手に相手を一人だけだと思い込んでいたのだ。

思えばおかしいことだらけだった。一対一ならバベルやジェラミスが簡単に負けるはずがないのだ。でも一対五の状況なら……。

「行くぞ！」

私の思考がまとまらないうちに、ジャスティスレッドが飛びかかってくる。

「ジャスティスレッドキック！」

「うげっ！」

すべては私の勘違いだった。

でも確かにそうかもしれないけれど……。

「ジャスティスブルーエルボー！」

「おえっ！」

……やっぱり、おかしくないか？

「ジャスティスグリーンパンチ！」

「ぐぬっ！」

……怪人の私は一人なのに、正義のヒーローの方が五人でよってたかって攻撃してくるなんて。

「ジャスティスイエローラリアット！」

「ぐはあっ！」

……まるで弱い者いじめじゃないか。

「ジャスティスピンク往復ビンタ！」

「痛っ、痛っ！」

こんなことが、あっていいのだろうか……。

「どうだ、まいったか！」

「まいったか、だと……」

私はもう地面にへばりつくような格好になっていた。さっきまでとは違ってこちらが攻撃に回る瞬間なんて一度たりともない。一方的にやられている状況である。もう私に為《な》すすべなんてものはなにもなかった。

こんな事態が待ち受けていることを大王様は予期していたのだろうか。いや、大王様は自分達も一人で挑んでいるからこそ、相手も一人で受けて立つ、そう純粋に考えていたのだろう。ましてや相手は正義のヒーローを名乗っている。大王様は敵のことを信じきっていたはずだ。だからこそこれは私のミスだ。もっと疑うべきだった。最悪の事態までを想定しなかった私の失敗だ――。

「……」

でもそんなことを言っていても仕方ない。

――ここで諦める訳にはいかないのだ。

「……っ」

簡単にこの戦いに敗れてしまう訳にはいかない――。

「……怪人ブルタンをみくびるなー！」

私には帰る場所があるのだから――。

「そおりゃあっ！」

「う、うわあっ！」

あの日を思い出せ――。

「どおりゃあっ！」

「くっ……」

この日のためにトレーニングを積んできたんじゃないか――。

「くらえぇっ！」

「なっ……」

戦うんだ――。

「おらあぁっ！」

「はっ……」

戦え――。

「我が名はブルタン！　バーチバの誇り高き戦士だぁっ！」

故郷には、家族が待っているんだ――。

「……ぜ、全員、陣を取れ！」

私の思わぬ反撃に劣勢となって焦ったのか、ジャスティスレッドがすかさず声をあげた。

そしてさっきまでのそれぞれが相対していた状況とは違って、五人が円を描いて私を取り囲む格好になる。

前後左右を挟まれた形だ。

「ふんっ……」

この光景を見て、私は思わず言ってやりたくなった。

「……このままでは敵《かな》わぬと見て五人で囲んできたか、……どこまでも卑怯《ひきょう》な奴らめ」

「ひ、卑怯だと!?」

「……正義のヒーローにあるまじき戦い方じゃないかジャスティスレンジャー。そうやって我が同胞たちの命も奪ってきたのか？……だが、今回ばかりはその作戦が災いしたようだな」

「なっ……」

この状況は、私にとってはむしろ好都合だったのだ。

そう、私には最後の最後まで残しておいた必殺技がある——。

「……奥の手というものは、最後まで取っておくものなんだ」

「ま、まさか……」

「はあぁぁぁぁっ！」

全身の気を集中させて、内側に眠る力を解放していく。するとその闘志に呼応するように体が光り輝き始めた。

「な、なにが起きるんだ……？」

修行に修行を重ねたこの必殺技『スーパーブルタンバスター』は、半径十メートル全方向に対して爆発的なエネルギーを浴びせることができる。つまりこの技は相手が多数の時に最も有効な必殺技なのだ。ただ関係のない人間を巻き込んでしまう可能性もあったからこそ、繰り出す状況は限られた。

しかし目の前にジャスティスレンジャーしかいない今ならできる。この必殺技を会得した後に私が地球に送りこまれることになったのは、やはり天啓ともいえるタイミングだったのだ。

「ひ、ひええ……」

「……緑なのに顔が青ざめているぞ、グリーン」

くだらない冗談はそこそこに、準備は完了した。

「……これで、おしまいだ」

この戦いに決着をつけてやる――。

「くらえ！　スーパーブルタン……」

――その時だった。

視界の端で、あるものを捉《とら》えた。

白と黒の球体。

サッカーボール。

そしてその転がるサッカーボールを追いかける少年――。

「さっきの……」

私がこの地球に降り立った時、最初の公園にいた少年だった。

なぜ今こんなところにいるのかはわからない。

怪人の物珍しさに後をつけてきたのだろうか。

それともジャスティスレンジャーの戦いを見にきたのだろうか。

少年は、怯《おび》えた瞳《ひとみ》で私のことを見つめていた。

少年に背中を向けているジャスティスレンジャーたちはその存在にまったく気付いていない。

私の必殺技をどうやって受け止めるのかで今は精一杯のようだ。

――でも、それじゃあ私はどうすればいい。

このまま必殺技を放てばこの戦いには勝てるはずだ。

だけど、それでは……。

少年が、私を見つめる。

その瞳に今にも吸い込まれそうだった――。

「ブルジ……」

――その姿が、故郷の息子に重なった。

「隙ありーっ！」

「うぐっ」

ジャスティスレッドが、いきなり飛び蹴《げ》りをかましてきた。

体勢を崩したことでさっきまでの光が途切れてしまう。

集中したエネルギーをすべて瞬間的に爆発させることでしか、スーパーブルタンバスターを放つことはできないのだ。

「今だ、やれ！」

ジャスティスブルーの号令がかかって、今度は四方八方からパンチとキックが飛んでくる。

「うっ、うぐっ……」

……もはや袋叩《ふくろだた》きだ。

こうなったらもう為《な》す術《すべ》もない。

というかなんだ、隙をつくヒーローってなんだ。なんて奴らなんだ。でも真剣勝負の最中に隙を見せた私が悪かったのか……。

私は正しいことをしたはずだよな……。

胸を張って宇宙一の父親でいるために、私がしたことは間違っていなかったはずだ……。

あぁ、意識が遠のいていく。

このままでは……。

「よしっ、とどめだ！」

そこでジャスティスレンジャーたちが横に並んでポーズを取った。

「あ、ああ……」

「ジャスティスファイナルビーム！」

光り輝くビームが私に向かって放たれる。この星の文明でもビームが使えるなんて知らなかった。私たちとそっくりの技だった。スーパーブルタンバスターを凝縮させたようなエネルギーの光線である。その威力は五人分が合わさって圧倒的だった……。

「う、うわあぁぁぁっ！」

そんなものを食らっては、私の体はもう耐えられる訳がない。膝《ひざ》をつく。体からは煙が上がっていた。

限界だ。もう体の限界だった。

「はあ、はあっ……」

追い詰められた私の瞳に映ったのはさっきの少年だった。

母親だろうか。生まれてまもない女の子の赤ん坊を抱えた女性がそばまでやってきて、少年の手を引いて慌てて連れて行く。

「……ブリュレ、……ブルジ」

私は目の前のかすれゆく景色の中で、その背中を必死で見つめた。

「……ブレンダ」

――娘には、そんな名前をつけようと思った。

私と同じ、バーチバに咲く花の名前だ。春になると大きな木に咲く白とピンクの花。

素朴に地面で咲く黄色いブルタンの花とは違ってとても華やかで鮮やかなものだ。

女の子の名前にはぴったりだろう。

でも、それをちゃんと伝えられるかな――。

――ブレンダ、君の顔が見たかった。

――ブルジ、もっと遊んでやりたかった。

――ブリュレ、君の作ってくれたニクジャーガをまた食べたかった。

――そして会いたかった。

――この手で抱きしめたかった。

ただ、故郷の星にもう一度帰りたかった――。

「それもみな、叶《かな》わぬ夢か……」

その瞬間、私の全身の力が抜けた。

敗北した怪人の末路は知っている――。

「……大王様に栄光あれ！」

爆発だ。

経験したことのない衝撃が、全身を包みこむ。

……でも、なぜだろう。

どうして最後は木っ端みじんに爆発しなければいけないんだろう。

一片のかけらすらもこの世に残すことはかなわないのだろうか。

……ごめんよ、みんな。

故郷に帰る約束を守れなかった。

絶対に守らなければいけない約束を守れなかった。

さよなら、ブリュレ、ブルジ、……ブレンダ。

――愛してる。

そこで私の意識は眠りに落ちるかのように吹き飛んだ。

「正義は勝つ！」

ジャスティスレンジャーの最後の言葉だけが、かすかに耳に残った――。

――

――

「――今日もニクジャーガ、やったあ！」

「パパの大好物だからね」

「僕も大好き！　パパ、もうすぐ帰って来るかな？」

「そうね、そろそろじゃないかな」

「早く帰ってこないかなあ」

「大丈夫よ、ちゃんと約束したんだからもうすぐ帰って来るわよ」

「そうだよね！」

「そうよ、――正義は必ず勝つんだから」

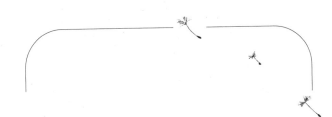

第三話

戦隊ものの端役
ジャスティスグリーン

戦隊もののヒーローはなかなか世知辛いものである。というのもポジションによっての差がとにかく激しいのだ。俺が属するジャスティスレンジャーも例外ではなかった。

キャプテンのレッド、副キャプテンのブルー、紅一点のピンク。ここまではいい。言うなればフロントメンバー。主役中の主役だ。でもそこから先は役職もない端っこがお似合いの二人が並ぶ。

太ったイエローと、ひょろ長のグリーン。もはやステレオタイプな見た目だけの基準で選んでいるのではないかと思えるが、まさに俺がそのグリーン、ジャスティスグリーンだった。

市民の人気はレッド、ブルー、ピンクの三人がほぼすべてを握っている。俺とイエローを推すような奇特なファンは見当たらない。わざわざ戦隊の中でもそんな端役のヒーローを好きになる理由がないからだ。

でもこの前イエローが小学生の子どもたちからサインをねだられている姿を見かけ

た。イエローにはそういうファン層があるみたいだ。

……正直羨《うらや》ましかった。イエローも満更でもない顔でサインを書いていた。しかしこういったことに少々歯痒《はがゆ》さはあっても、素直に相手を褒め称えたい。イエローに拍手だ。なぜなら俺たちはいがみ合っている訳ではない。どちらかというと同じ立場なのだから、手を取り合わなければいけなかった。

そこはやっぱり、ヒーローらしくチームワークを大切にしたいのである。

しかし、ヒーローも戦いの舞台から離れれば一般人だ。四六時中ヒーローでいる訳ではないし、ヒーロー以外の部分でちゃんと生活費を賄わなければならない。

俺も後から知ったことだが、ヒーローとしての収入なんてものはほとんどなかったのだ。ほぼボランティア同然。市民の平和と名誉のために戦っているのである。だからこそまともな生活をするには、他に職を持つ必要があった。

ちなみにレッドはいくつかの会社を経営しているし、ブルーは医者だ。そしてピンクはモデルが本業。イエローは八百屋の店主である。

俺はというと、スーパーで働いていた。ヒーローにスーパーなんて合わさると、まるでスーパーヒーローみたいな気もしてくるが、実際は正社員でもないバイトの身だ。

現在三十五歳。のらりくらりやりたくないことを避けてフリーターを続けるうちに、今の状況になってしまった。先行きは不安である。それこそスーパー不安だ。

こんなただのフリーターである俺がジャスティスレンジャーのグリーンになったのは、さまざまな偶然が重なっただけだった。

たまたま近所の銭湯に行った時に、ジャスティスレンジャーの関係者である山崎《やまざき》さんにスカウトされたのだ。先代のグリーンが辞めてしまって、後任を急募していたらしい。そこでフォルムがそっくりな俺を見つけて声をかけたということだった。

俺をスカウトした山崎さんは、ジャスティスレンジャー組織の内部の人間だ。さまざまな業務を裏方で担っているらしく、表舞台に出てくることはほとんどなかった。俺も活動するようになってからその姿をほとんど見かけていない。

実際、ジャスティスレンジャーになってからはそんなに内部と関わることはなかった。機密事項も多いらしく、まだ加入して日の浅い俺が、そんなに踏み込んで話を聞くこと自体少なかったのだ。

今では正直、あの時の山崎さんからの誘いを安請け合いしたことを後悔している。

ヒーローという甘美な響きに騙《だま》されてしまった。

だって男なら一度はヒーローに憧《あこが》れるものだ。自分がヒーローになれるのに、そのチャンスを逃す訳にいかない。それなのになり手が少ないのは、収入がほとんどないボランティア同然だから、ということは後になってわかるのだが、その時の俺は快諾した。

そして普段はスーパーの生鮮売り場で働き、緊急時はジャスティスレンジャーのグリーンとして地球を守る俺が生まれた。

――でもここ最近思い悩んでいる。

ヒーローをやめようか、と迷っていた。

どうやら俺のこの性格は、ヒーローに向いていないみたいなのだ。

○

「ねえグリーン、なんだか今日は顔色が冴《さ》えないね、大丈夫？」

とある居酒屋。ジャスティスレンジャーの同僚であるイエローと二人で飲みにきていた。思えばレッド、ブルー、ピンクとは飲み会なんてしたことがない。やはり心のどこかでイエローとは同志であると思っているのだろう。一緒にいても変に緊張せずに過ごせるし、こうして飲むにはうってつけの相手だった。

「いつもこんな感じだよ、グリーンなのに青ざめてるって怪人からも言われるくらいだからな」

「あっはっはっはっ！　グリーンなのに、青ざめてる……！　ヒ、ヒヒィ……！」

「……」

イエローは酒を飲むと笑い上戸になる。俺のカラージョークでこんなに笑うやつは見たことがない。ただ俺もこういうやりとりで気持ち良くなって、イエローとは飲み会を何度も開いているのかもしれないが……。

「……まあ、悩みがない訳でないがな。色々大変だよ、最近は」

「色々って……、それこそ緑とか青とか黄色とか……？　あっ、ははっはっは！　ふ、ヒヒィ！」

「……」

もはや一人で言って一人で勝手にウケている。だいぶ酔いが進んでいるみたいだ。

でもその方がこの悩みは話しやすい気がした。ヒーローとしては、結構センシティブで厄介な問題だったから。

「……この前の怪人のブルタンと戦っている時も、なにか思うところがあったんだよな」

「思うところ？」

そう返したイエローに向かって、緑茶ハイを一口飲んでから思い切って話し始めた。

「あんなにも五対一でよってたかって叩《たた》きのめす必要はあったんだろうか、……ってな。そもそも俺はあのブルタンが何か悪さをしでかしたところすら見ていない。ただ怪人ってだけで戦っただけだ。レッドやブルーは一切の躊躇《ためら》いもなく戦っていたけど、俺はどうもなあ……」

そこでイエローも酔いが一気に醒めたような様子で小さく頷《うなず》いた。

「……その気持ちは僕にも分かるよ。でもあのまま怪人を放置してたら他の人にも危害を加えていた可能性もあるからね。……まあそれでも気が乗らないのは僕も一緒だなあ」

「イエロー……」

やっぱり俺とイエローは似ていると思う。戦隊の中の立ち位置だけではなく、その考え方も共通しているのだ。

イエローはおずおずと話を続ける。

「……僕、小さい頃から喧嘩《けんか》すらしたことなかったから今でもこうして戦っているのに違和感があるよ」

られなかった。

「……お前もそうだったのか」

俺たちは考え方だけではなく、過去も似ていた。俺も喧嘩どころか武道や格闘技経験もなかった。そんな自分が相手と戦って殴ったり蹴《け》ったりしている今の状況が信じられなかった。

「……」

今でもブルタンを殴った時の鈍い感触が拳《こぶし》に残っている。なかなか取れなかった。いつまでも罪悪感が尾を引いていたのだ……。

そこでイエローが思い出したように言った。

「でもあの最後のみんなで出した必殺技のビームはびっくりしたよね、前回から急に使えるって聞かされたけど、あんなことができるなんて知らなかった。あれは子供の頃に夢見たヒーローって感じがしたなあ……」

「確かにそうだな、あれはヒーローって感じではあったよなあ」

最終的にとどめをさすことになった必殺技だ。あのビームは記憶に残っていた。ポーズまでついてヒーローらしい姿だった。

急にビームを出せるようになった理由は知らない。山崎さんからもそんな話は聞いていなかったが、きっと俺の知らないところでテクノロジーが急速に進歩しているのだろう。

「ふぅ……」

そんなことを考えながら、もう一度緑茶ハイのジョッキを傾けると空っぽになってしまった。

そろそろ会もお開きか、というところで、イエローがまた思い出したように話を始めた。

「あっ、そういえばなんだけどさ……」

最後はジャスティスレンジャーの仕事内容とは関係ない話題で終わりたかったのかもしれない。

でもその話は意外なものだった。

「……ピンクって、あのブルタンとの戦いの後、僕のこと何か言ってた？」

「おいおい、何かってなんだよ」

「な、なんでもだよ！　僕の戦ってる姿が良かったとか……、少し痩《や》せた？　とか……」

「ははん、お前もしかして……」

ピンと来た。

「……」

ピンクだけに。

「ピンクのことが好きなんだな？」

「い、いやそんなこと！」

「そんなこと？」

「……あります」

そう言ってイエローが、テーブルの上に並んだ冷やしトマトみたいに顔を赤らめる。

カラージョークを言いたかったわけではない。本当にわかりやすく変わったのだ。

「……ピンクかあ、好きになるのはよく分かるよ。あれだけ美人だからなあ」

「いや、僕は見た目だけじゃなくて内面の美しさに惹《ひ》かれたんだからね！」

「まあそれはどっちでもいいさ、ただ高嶺《たかね》の花を選んだことには変わりないぞ。辛《つら》い恋になるかもしれないいな」

「やっぱりそう思うよね、高嶺の花だよね……」

イエローがしゅんとした顔を見せる。でもそれからレモンサワーをグイッと飲み干して宣言するように言った。

「いつかは想いをちゃんと伝えるんだ！　次の怪人を倒す時に活躍できたら、必ず！」

「どうせそんな活躍する機会なんて俺たちには来ないって。そういうのはレッドかブルーの役目なんだから」

「そんなことないよ、僕だって何か必殺技を準備して……」

そうは言ったが、やっぱり元から戦うのが苦手なイエローは自信がないようで、みるみるうちにトーンダウンしていく。

「とにかく頑張るんだから……」

俺はイエローが良《い》い奴だって分かっている。

だからこそ今この瞬間だけでも、励ましの言葉をかけてやりたかった。

「そうだな、頑張ればわからないよな。それがヒーローってもんだからな。でもお前は子どもたちからの人気が多少はあるんだし、それだけでもう俺からしたら羨《うらや》ましいくらいだぜ」

「それは嬉《うれ》しいけど……、たまには僕だって女の子からの黄色い声援が欲しいんだよ」

その発言を見逃すことは出来なかった。

「……イエローだけに、ってか？」

なものだった。


「あっ、カラージョークバレた？……あっはっはっは！」

イエローの笑い声が店内に響いて、俺も思わず一緒になって笑ってしまった。

こんなことがあるとヒーローを続けるのも悪くないな、と思えてしまうから不思議

――帰り道、久々に気分よく歩いていた。イエローとの飲みはやっぱり面白い。よく笑ってよく食べる奴と飲み会をして楽しくないはずがなかった。

もしもこの相手がレッドやブルーだったらどうだろうか。そもそもあんな場末の居酒屋には一緒に入ってくれなそうだ。たとえ入れたとしても正義とはなんぞや、ヒーローとはなんぞや、と小難しい話だけが延々と続きそうだ。

そんな話は飲みの場ではしたくない。だからこそ俺としてはこれで良かった。イエローも毎度付き合ってくれるから、同じようにこの時間を楽しいと思ってくれているのだろう。

持つべきものは友だ。

そんな友ができたことは、ジャスティスレンジャーに加入したことの一番の収穫だったかもしれない。

だがしかし、そんな風に気分良く通りを歩いていた時、思わぬ現場に遭遇してしまった――。

「あ、あれは……」

ブルーがいた。そして隣にはピンクが並んで歩いている。二人の距離は近い。とても近い。というか今まさに、ピンクがブルーの腕に自分の腕を絡めたところだった……。

「そんな……」

仲睦《なかむつ》まじく腕を組んで歩き出す二人をただ見送ることしかできなかった。突然出くわした光景に、体がフリーズしてしまった。実を言うと、少し前にピンクとレッドが付き合っていたのは知っていた。でもそこから喧嘩《けんか》別れしたとも聞いていたので、今はてっきりピンクはフリーだと思っていたのだ。

それなのにこんなにも早く、ピンクとブルーが付き合い始めていたなんて……。

「イエロー……」

さっきまで居酒屋で一緒に話していたイエローのことを、どうしても思い出してしまう。思い出さずにはいられなかった。不憫《ふびん》だった。告白もするつもりだったのに、ピンクはもう他の相手と付き合っていたのだ。しかも同じジャスティスレンジャー内の同僚と……。

このことはいずれイエローも知ることになるだろう。五人しかいないグループの中では早々に気づいてしまうに違いないのだ。ピンクはブルーの傍に寄り添うことになるだろうし、ブルーがピンチの時はピンクが率先して救護役に回るだろう。そんな光景を目にして否応《いやおう》なく気づかされる、二人の距離の近さに──。

そもそもこのことはレッドも知っているのだろうか……。この早さでレッドからブルーに乗り換えるのもどうなんだ。むしろブルーもよくいったよな……。元から狙っていたのだろうか。まあ狙いをつけて実際に落としたとしたら大したものだが……。

「……」

世知辛い。

戦隊もののヒーローの端役はこんなにも世知辛いのか。端っこで咲くこともできずに、ぼうっと存在することしかできない。

それにしても内部が恋愛関係でこんなにどろどろしていたなんて知らなかった。これが普通なのだろうか。普通だとは思いたくないけれど、こんな事態になってしまっているのは紛れもない事実である。

さっきまでの酔いが、急速に醒《さ》めていた。イエローとの飲み会で一旦《いったん》は湧き上がったヒーローを続けようか、という思いも急速に胸の中でしぼんでいた。

次の召集の時を考えると気が重い。どんな顔をしてみんなの前に立ってポーズを取ればいいのかわからなかった。

素知らぬ顔でやりすごせばいいのだろうか。

ただ怪人を倒すという共通の目的だけを遂行すればいいのだろうか。

でもイエローからまた恋愛相談をされた時には厄介なことになる……。

「はぁ……」

ため息が自然と出た。

俺はグリーンだけど、気分はブルーだ。

カラージョークも不発に終わった。

○

「いらっしゃいませえっ！　さあ今日は活《い》きのいいのが入ってるよ！　マグロ、カンパチ、アオリイカにぷりっぷりのブリ！　お刺身はいかがですか！　さあっどうぞー！」

バイト先のスーパーの生鮮売り場前に社員さんの声が響く。

俺はあんまり声を出すのが得意ではないのもあって、ああいう業務を任されることはなかった。代わりに内部のシフト調整や在庫管理など、結構責任のある業務を任されている。ここでの勤続年数もそれなりに長いから信頼されているのだ。つまりは適材適所でうまくやっているのである。

「ふぅ……」

ピークの時間帯が過ぎてバックヤードに戻ってきた。休憩時間だ。八時間の勤務の中で一時間の休憩。前までは率先してタバコを吸っていたけど今はもうやめた。ヒーローになるのと同時にやめたのだ。そういう意識はそれなりにあるつもりだ。まあブルーは今でも隙を見ては喫煙所に行っているけれど。

「名取《なとり》君、休憩のところ悪いんだけどちょっといいかな？」

その時、社員さんから声がかかった。本名はグリーンとはなんの縁もないものである。

そういえば縁って字は緑に似ている。いや今そんなことはどうでもいいのだけれど。

「本当に悪いですよ、至福の休憩の時なんですから」

この社員さんとは普段から仲が良いので、こんなやりとりも日常茶飯事だ。でも自分がジャスティスレンジャーのグリーンということは明かしていない。機密事項だから決して他の人に明かしてはいけないのだ。

「いやでもさ、そんな悪い話ではないからさ」

「それなら聞かせてもらいましょうか」

たいした用事ではないだろうと思っていたから、そんなに期待もしていなかった。ただ社員さんの口からは、思ってもみなかった言葉が飛び出してきた。

「名取君、正社員にならない？」

「へっ？」

間抜けな声が漏れた。それくらいに予期していない発言だったのだ。社員さんの瞳《ひとみ》は真剣そのものである。

「割と本気な話。上からもそういう声があがってるからさ。表の仕事はそんなに得意じゃないけど、名取君って裏方の仕事は真面目にやるじゃない？　だからそれなら社員的な業務をもっとこなすのも悪くないんじゃないかなって」

「そう、ですか……」

自分のことをちゃんと見てくれていたことに驚く。そして嬉《うれ》しくなっている自分がいた。正社員になるのを勧められたということは、自分の仕事を認められたということだ。自分の人生において、そういう瞬間はあまりなかった。だから単純に嬉しかったのだ。

「正社員、ですか……」

一方、迷っている自分もいる。

頭の中にあったのはジャスティスレンジャーのことだった。

ヒーローの業務は怪人の出現によって急な呼び出しを食らうことも多い。だからこそ時間の自由がきくバイトの方が今までも都合がよかったのだ。実際急に召集された時に、代わりの相手を探すのもそんなに難しくなかった。

でも正社員になったら、そう簡単にはいかないだろう。今よりも責任ある仕事を任されるだろうし、シフトに度々穴を開けては周りに示しもつかない。

「……」

つまりこれはもう、どちらかを選択するしかない状況だった。

ヒーローを選んでジャスティスレンジャーのグリーンを続けるか。それともヒーローをきっぱりと辞めて正社員になるか――。

「……ちょっと考えさせてもらってもいいですか」

「もちろん、こっちも急に言って悪いと思ってたからさ。でも正社員になったら悪くはしないよ」

社員さんは冗談っぽく言ったけど、俺はその言葉の意味を深く考えてしまった。

悪いのはダメだ。一応俺はそういうのを裁く正義のヒーローの中にいるのだ。悪くない、正社員。正義の社員……、いや、正規の社員か。

それから社員さんは、ははっ、と笑ってから少しだけ真面目な顔つきをして言った。

「接客業ってさ、結構悪くないものだと思うよ。もちろんクレーム対応とか大変なこともあるけど、お客さんから直接ありがとうと言われる仕事ってそう多くないからね」

「……確かに、そうかもしれませんね」

「それじゃあ良《い》い返事を待ってるよ、ゆっくり考えてくれていいから」

そう言って、社員さんはフロアに去っていった。

「……」

――直接ありがとうと言われる仕事。

確かにそれは素晴らしいことだと思った。

その言葉が頭の中で、ぐるぐると回り出す。

俺はヒーローになってからありがとうって言われたことがあっただろうか。レッドやブルーやピンクはいつも賞賛を浴びて、感謝の声もたくさんもらっている。でも俺は違う。ジャスティスレンジャー全体として感謝されることはあっても、グリーン単体でありがとうと言われたことなんてほぼなかった。端っこにいる俺のことなんて元から誰も見ていないかのように。

ありがとうすらも言われない俺は、本当に正義のヒーローなんて言えるだろうか……。

「どうすりゃいいんだ……」

なんだか無性にタバコが吸いたくなった。

そしたらヒーローを辞める踏ん切りも、少しはつくだろうか。

○

「ねえグリーン、なんだか今日も顔色が冴《さ》えないね、大丈夫？」

またとある居酒屋。そして今日も同席しているのはイエローだ。ぱっと見は鈍感に見えるけれど、意外と敏感なところがある。俺の心の変化も見抜かれてしまったみたいだ。

「……大丈夫だよ、大丈夫。ちょっと飲みすぎただけさ」

ここで今自分の悩みを話すわけにはいかない。前回のように愚痴として話すだけならまだしも、俺が正式にジャスティスレンジャーを辞めるとなったら大きな問題だからだ。すべてのことに答えを出すまでは、今は何も話すべきではないと思った。

「……それにしても、さっき見たけど今日は満月が綺麗《きれい》だったよなあ」

「月の話なんて急にどうしたの？」

「急にそう思ったんだから仕方ないだろ」

本当は話を変えたくてそう言った。無理な方向転換になったのも仕方ない。

「それにほら、月って絵で描くときは黄色く塗るからお前も親近感あるんじゃないのか？　イエロームーンって感じでさ」

だからここは無理やり話を続けた。でもその流れは少し苦しかったのか、イエローは首を横に振って言った。

「親近感なんてとてもじゃないけどないよ。僕には月は似合わないし」

「だとしたらあれだ。黄色は月じゃなくても花の色でもあるじゃないか。タンポポとか」

「タンポポなら確かに親近感が少し湧くかもしれないなあ……。道の端っこで咲いてる感じとかね」

いい感じに話が逸《そ》れてきたので、そのままタンポポの話を広げることにする。

「地味な花ではあるけど、英語だとダンデライオンって言うから格好いいじゃないか。タンポポの黄色い花びらがライオンのたてがみに似てるからなんだっけ？」

そこではイエローがまた首を横に振って言った。

「いや、それは確か違うよ。この前テレビで見たけど、タンポポの葉っぱのギザギザがライオンの歯を連想させるからダンデライオンって呼ばれるようになったんだって」

それは初めて知った。てっきりダンデライオンの由来は黄色い花びらからきていると思っていた。

「葉っぱのギザギザ……、そしたら緑の俺の色じゃないか」

「そうだよお。結局グリーンが美味《おい》しいところを持っていってるじゃん」

「まあまあ、そんなことはないだろ。花は黄色で、ギザギザな葉は緑。つまりは俺たちと一緒。イエローとグリーンでタンポポってことさ」

「なんかそう言われると嬉しいいね。タンポポも悪くないなあ、僕たちの花だね」

イエローが幸せそうににんまりと笑って、そこで話が落ち着いた。やっぱり俺はイエローとは似たもの同士の親近感がある。その気持ちは以前からタンポポの花にも抱いていた。路傍で咲く姿を見かけるたびに気になって見つめてしまったのだ。

「……さて、そんなタンポポのことより、最近のお前の調子はどうなんだよ。なにか面白いことはあったか？」

話を一層盛り上げようとして、イエローのことを尋ねた。

しかしすぐに墓穴を掘ってしまったことに気づく。

「……実はピンクのことなんだけどさあ、日に日に想いが募り始めてるんだよね。……これは間違いなく恋だよ」

まずい方向に話が行ってしまった。俺はこの話題を自分の仕事のこと以上に、うまく話せる気がしない。既にブルーとピンクが、腕を組んで歩いている姿を見かけてしまっている。イエローの恋はどうやっても実りそうにないのだ……。

「……恋ってのはいいものだよな。それにしても恋と愛の違いってなんだろうなあ。イエローには分かるか？」

「恋と愛の違いなんてどうでもいいよ、それよりもピンクのことなんだけどさあ……」

今度の話すり替え作戦はあっけなく失敗に終わった。恋と愛がどうのこうのよりも、今イエローは間違いなく自分の恋について語りたがっている。

「いずれは告白をするべきかなあ、それともやっぱりまずはデートに誘うべきかなあ……」

「……まあ、そんなに焦らなくていいんじゃないか。会えない時間が愛を育てるとか誰かが言ってた気がするしな」

「焦ってるんじゃないよ、自分の気持ちに正直になってるだけだよ」

「その正直さが報われないのが恋愛ってもんだって言ってるんだよ」

「なんだよその言い方！　こっちは真剣に考えてるのに！」

「俺も真剣に考えてるからそう言ってるんだ！」

イエローが声を張り上げて、思わず俺の声も大きくなってしまった。もう話をすり替えることとなんてできそうにない。

もはや今できるのは、イエローの恋の暴走を止めることだけだった。なるべく今後イエローが恋の傷を負うことのないように……。

「……まあ、一旦《いったん》落ち着こうぜ。無理することはないんだからよ」

「……無理するってなんだよグリーン、僕の恋愛は応援してくれないの？」

「……応援するしないって話じゃないだろ。大体な、職場恋愛なんて後で尾を引くぞ。告白が失敗したらどうするんだ。場の空気なんてギスギスしてたまったもんじゃないぞ。ギスギスした戦隊の集まりなんてとてもじゃないけど見てられないからな、ジャスティスレンジャーじゃなくてギスギスレンジャーになっちまうんだぞ」

俺はただイエローに傷ついて欲しくなかっただけだ。少なからず他のジャスティスレンジャーの奴よりは気持ちが分かっている。同志だと思っていた。そんなイエローに、負けると分かっている勝負に挑んで欲しくなかった。傷ついてほしくなかったのだ。

「タイミングを見てさ、せめてもう少しピンクの気持ちもわかった頃に……」

俺はそう言ったが、イエローの心持ちは既に固いようだった。

そこでイエローが呟《つぶや》くように言った。

「……僕が告白する時は、ジャスティスレンジャーを辞めるくらいの覚悟を持ってするつもりだよ」

「……」

——ジャスティスレンジャーを辞める。

その話は、俺がさっきまで胸にしまっていた話題と一緒だ。なんで、なんでこんなことになってしまったのだろうか……。

「……そんな簡単に辞めるなんて言うなよ、ヒーローだろ？」

心にもないことを言っていた。この言葉は自分に言い聞かせているのだろうか、それとも自分の代わりにこれからを、勝手にイエローに託そうとしているのだろうか……。

「そうだよね、ごめん……」

「……いや、俺も熱くなって悪かった。飲み直そうぜ」

俺はいつも通り緑茶ハイ。

イエローはレモンサワー。

グリーンとイエローのジョッキをぶつけ合って仕切り直しの乾杯をする。

「ふぅ……」

ただ、心の中まで綺麗《きれい》に仕切り直しをすることはなかなか出来なかった。色々と考えさせられてしまったのだ。

俺がジャスティスレンジャーを辞めたら、こうやってイエローと飲むことも出来なくなるのだろう。

ヒーローには漏らしてはいけない機密事項がたくさんある。一般人となった俺とは、余程のことがなければ会えないはずだ。

「……」

そう思うと、最後に喉《のど》に流し込んだ緑茶ハイはやけに苦く感じた。

胃の中が全部緑に染まってしまいそうな、そういう最後の一杯だった。

○

イエローとの飲み会の日から、ずっと悩み続けていた。その間にジャスティスレンジャーとしての召集がかからなかったのは、運が良かったのかもしれない。じっくりと自分に向き合って、今後について考えることができた。

スーパーのバイトの方は特に変わりはなかった。社員さんは相変わらず良くしてくれるし、俺の返答も待ち続けてくれている。

ジャスティスレンジャーのこともスーパーのことも、結局最後は俺次第だった。

でも俺は今まで人生の中でそういう選択をすることを避けていた。なるべく責任の少ない方に、大きな成功はないけど大きな失敗もない方に、流れて流されて楽な方へと逃げてきた。

大きな選択を迫られていた。

そして、決断の時が来たのだ――。

俺は、ジャスティスレンジャーの本部までやって来ていた。

ここへ来るのはジャスティスグリーンに任命された時以来だ。

――そう、俺はジャスティスレンジャーを辞める決断をしていた。

「……ここか」

正社員にならないかと打診されて、心は大きく動いた。自分を必要としてくれていることが嬉《うれ》しかった。スーパーでの仕事自体にも、今までよりも楽しみを見出《みいだ》していた。

ジャスティスレンジャーの方が、市民の平和を守るという大きなやりがいのある仕事なのかもしれないけれど、今の俺にとってはスーパーの仕事の方がやりがいのあることに思えた。

所詮《しょせん》俺はヒーローの中でも端役。端っこに立っているだけで代わりはいくらでもいるのだ。それに、なまじ中途半端にスポットライトが当たるからこそ余計に辛《つら》かった。コンプレックスを刺激される毎日だった。

そして根本的な問題で言えば、やっぱり俺自身がヒーローに向いていないと思ってしまったのが大きかった。

敵の怪人を倒すためといえど、殴ったり蹴《け》ったりするのは気が引けた。元々テレビでやってる格闘技だって見るのを避ける性分だ。

そんな自分がこのまま戦いの最前線に身を置いている姿なんて想像できない。でもこれからもスーパーの仕事をしている自分ならたやすく想像できた。ありがとうと直接言われる機会も、ヒーローをやっている時よりも多いだろう。だったら俺にとってはそっちの方が良《い》いはずだ。

俺はヒーローを辞めて、スーパーの正社員になる。

それにきっと、地球を守る立場ではなくても、ヒーローのような存在はどこにでもいるはずだ。

俺はスーパーのヒーローになればいい。

その方が、自分にとっても周りにとっても幸せが訪れるはずだと思った――。

「ふぅ……」

一度息を吐き切ってから、本部の玄関のドアを開ける。

事前にアポは取っていなかった。電話をして相談という形をとってしまったら、決心が鈍ると思ったのだ。だからこそこうして本部へ直接やってきた。

「……すみません」

だがしかし、建物内に人の姿は見当たらない。出払っているのだろうか。やっぱり事前に連絡を取るべきだったかと思ったが、今日辞めると決心した以上、ここで簡単に諦《あきら》める訳にはいかなかった。

「すみません！　誰かいませんか⁉」

今度はさっきよりもかなり大きな声で言った。それでも人が出てくる様子はない。

「……んっ？」

そこで小さな物音がした。

「……誰かいますか？」

左のドアの部屋だ。ゆっくりと歩いてその部屋の前に立つ。

この時点で嫌な予感はしていた。人の気配は確実にあるのに、出てこないのはどういうことだろうか……。

「……」

嫌な予感がしたのにすぐその場を離れなかったのは、まだ俺が曲がりなりにもヒーローだったからかもしれない。

もしもいま本部が何かしらの危機に晒《さら》されているのなら、その事態を見過ごす訳にはいかなかった。

「ふぅ……」

最初に本部のドアを開けた時と同じように、息を吐き切ってからドアを開ける。

そこに人の姿はなかった――。

ここは管制室だ。いくつものモニターが設置されていて、戦いの際のフォローや指示もここから出ていると前に来た時に教えてもらった。今は敵との戦いは行われていないから、ただ定点のカメラの映像だけが流れていた。

「おかしいな……」

確かに人の気配を感じたはずだった。それなのに誰もいない。すべては気のせいだったのだろうか……。

――だが、それから入口へ戻ろうとした時のことだった。

「動くな」

後ろから、冷たい声がした。

瞬間的に体の動きが止まる。相手の言葉に合わせた訳ではなく、無意識に体が硬直してしまった。

一気に心臓の鼓動が速くなる。

身の危険を、命の危機を本能で感じている。

「あ、あぁ……」

矮小《わいしょう》な正義感なんて引っ張り出すものではなかった。あのまますぐにその場を離れておけばよかったんだ。ヒーローを辞めると決めた日に殉職なんてなったら、とんだお笑い草だ。あまりにも情けない最後である……。

そんな結末まで考えていた時、相手が意外な言葉を続けた。

「……その状態で、まずは心を落ち着かせてくれ」

「こ、心を落ち着かせてくれ？」

……よく分からない指示だった。

訳は分からないが、とりあえず相手の言う通りに心を落ち着かせようとする。

はやる鼓動を抑えるように、深呼吸を一つ、二つ……。

「ふぅ……」

深い呼吸を繰り返しているうちに、違和感を覚えた。この相手の声をどこかで聞いたことがある気がする……。

でも前に聞いた時はこんな喋《しゃべ》り方ではなかったはずだ。どこだ、どこで聞いたことがあるんだ、この声……。

同じジャスティスレンジャーの誰かではないことは確かだ。そして俺をスカウトした山崎さんや、他の職員でもないはずだった。悪ふざけにしては度が過ぎている。

だとしたら、一体こいつの正体は……。

「そのままゆっくりでいい、落ち着いてこっちを向くんだ」

相手がそう言った。

「わ、わかった……」

また深呼吸を一つ、二つ……。

「ふぅ……」

それからゆっくりと振り向く。

最初に自分がやって来たドアの方を――。

「なっ、お前は……」

落ち着かせたはずの心臓の鼓動が、またばくばくと音を立て始める。

そこにいたのは、あまりにも想像していなかった相手だった。

「ブルタン……」

「……私の名前を覚えていたか」

前回倒したはずの怪人、ブルタンがそこにいた――。

「な、なんでお前がここにいるんだ！　あの時死んだんじゃなかったのか……！」

目の前で起きていることを全く信じることができなかった。夢か幻でも見ているかのようだった。

〇

あの日、俺たちジャスティスレンジャーが五人がかりで倒した怪人ブルタンが、今目の前にいたのだ。

「そのことに関しては私も驚きだったよ。あの日、意識が遠のいてからふと目が覚めた時、気づけばここにいたんだからな……」

ブルタンはその時を思い出すように言葉を続ける。

「……最後の瞬間、私の体は木っ端微塵《みじん》に爆発したと思った。でも実際は違った。爆発は私の外側で起きたものだった。そしてその爆煙に乗じて私の体は密《ひそ》かに回収されたのだ」

「密かに回収……？　一体何を言っているんだ、ふざけたことを……」

動揺する俺を尻目《しりめ》に、ブルタンは淡々と言葉を続ける。

「私が言っているのはすべて真実だよ。爆発を起こした隙に私は命を救われたんだ」

「そんな……」

――ジャスティスレンジャーが怪人の命を救った？

そんなことがあり得るのだろうか。

「……そ、そんなの信じられるわけないだろ！　一体何を言っているんだ」

気が動転していたのもあったかもしれない。声を荒らげてしまった。目の前の事態を全く受け入れることができなかった。

それでもブルタンはまっすぐに俺のことを見つめている。信じてくれとその瞳《ひとみ》が言っているかのようだった。

「……」

俺はどうすればいい。信じるしかないというのだろうか。

「くっ……」

――ただそこでまた、驚くべきことが起きた。

今度はまた別の方向から、新たな声がかかったのだ。

「信じることはできなくても、ブルタンが言っていることは本当だ。なぜなら僕もそうだったからな」

「なっ……」

そこに立っていたのは、ブルタンと同じ怪人、ジェラミスだった──。

「ジェ、ジェラミス……」

ブルタンの前に地球にやってきたのがジェラミスだった。この怪人はビームを初めて放ってきた相手だった。だから大分手こずった記憶がある。しかしこんなところで再び姿を見るなんて思いもしなかった……。

「な、何が起きているんだ……」

さらに異常な事態は続くことになる。

──なんとまた過去に戦った怪人が現れたのだ。

「ワタクシがここにいるのが何よりの証明になるでしょう？　愚かな人間よ」

「お、お前は……」

「ふっふっふ」

長い杖《つえ》を持った、紫色の髪の怪人──。

「……名前なんだったっけ？」

「バベルだよ！　なんでワタクシのことだけ忘れてるんだよ！　ほんっとに愚かだな！」

「ああ、バベル、そうだった……」

「ああ、そうだった、じゃないよ。まったく……。あぁ、いけないこんな言葉遣いをしたら大王様に叱られてしまいます」

バベルは不満げな顔のままそう言った。名前こそ覚えていなかったけど、ちゃんとその存在は覚えていた。空を飛ぶタイプの怪人だ。その不思議な動きに何度も翻弄《ほんろう》されて苦戦を強いられたのだ。

驚きの光景だった。

今こうして目の前に三体の怪人がいる。

――ブルタン。

――ジェラミス。

――バベル。

今まで地球に攻め込んできた怪人たちが、勢ぞろいしているのだ……。

「どういうことなんだ、説明してくれ……。全く以《もっ》て訳がわからない。もしも命を救われたとしても、なんで今お前らがここにいるんだ。こんな勢揃いで……」

俺の言葉に、ジェラミスが答えてくれた。

「僕たちがここにいる理由はただ一つ。現在、ジャスティスレンジャーと協力する立場にいるからだよ」

「きょ、協力⁉　怪人のお前らと？」

「お互いの事情を知るうちに、協力し合う方が有益だとわかったんだよ。それに元からお互い食い違いもあった」

「食い違い？」

そこで説明を始めたのはブルタンだった。

「当初、私たちはあくまで地球の探査に乗り出しただけだったんだ。地球を征服して人間に危害を加えるような目的なんてなかった。もちろん資源に関しては何らかの支援を受けたいとは思っていたし、身に危険が及べば抗戦の許可も出ていたからトレーニングも欠かすことはなかったがな。それからバベルが捕えられてしまって問題が起きた。大王様はバベルが殺されたものと思い込んだのだ。こちらから大王様に連絡する術《すべ》がないのは手痛い誤算だった。次はジェラミス、私と地球に送り込まれることになった。その後、バベルが私たちの星の事情と目的をジャスティスレンジャー側にすべて話すと、こちらとしても驚きの事実を知らされることになったんだ」

「驚きの事実……？」

「……第三の敵が住む星、タイマーサが勢力を強めていることだ。奴らは私たちとは違ってとにかく好戦的だ。いずれ侵略を目的に地球にも攻め込んでくるだろう」

「そんな馬鹿な……」

新たな敵が迫ってきていたなんて……。

「ジャスティスレンジャー側としても戦いに備える必要があった。そこにやってきた私たちのような存在は貴重だったんだ」

「貴重って……」

「そこからはワタクシが説明しましょう」

今度話を始めたのはバベルだった。

「ワタクシたちはジャスティスレンジャーに敗れこそしましたが、個々の特殊な能力やテクノロジーは明らかに勝っています。それを地球側も利用したかったのです。ジャスティスレンジャー側はワタクシたちの命を保証する代わりに、その技術の提供を要求しました。だからこそ倒してすぐ元の星に帰しておしまい、とはならなかったのです」

「技術の提供……」

「まだピンときていませんか？」

「何がだ？」

俺の言葉に、間を置いてから答えたのはブルタンだった。

「私たちの出すビームと、ジャスティスレンジャーの放つビームはそっくりだと思わなかったか？」

「なっ……」

その言葉を聞いた瞬間、また心臓がばくばくと大きな音を立てた。今までの説明はまだどこか現実味がなかった。でもイエローと話していた違和感についても、これで説明がついてしまった。確かにビームが放てるようになったのは突然のことだったのだ……。

「そんな……、あれはお前らのものだったのか……。でも、俺はそんなこと、全く知らなかった……」

「このことを知っていたのはジャスティスレンジャーの中でもごく一部の人間のはずだ。私を助けたのはレッドと、組織内部の人間だったからね」

「だったらわざわざあんな戦いをする理由はなんなんだ！　それなら最初から俺たちは争う必要なんてないじゃないか！」

「ジャスティスレンジャー側にとってみれば実戦的な訓練のようなものだろう。それに公の場でヒーローの戦力を世間に知らしめるのは大事なことだ。これから第三の敵が現れることになった時、ヒーローとしての統率力を高めつつ、市民に安心感を与えるためにもな」

「それは、確かに……」

話に矛盾はなかった。何よりこの怪人たちが生きたまま、組織内部に今こうして当然のように居ることが一番の証拠だ。

目の前で起きていることと、今ブルタンたちが言ったことは完璧《かんぺき》なまでに合致している。

それでも真実をすぐに受け入れることはできそうにないけれど……。

「……っ」

様々な感情が渦巻いていた。ただ不思議なことに、裏切られたようでもあって、何か救われたような気持ちになっていたのも事実だった。

なぜならジャスティスレンジャーは、ブルタンら怪人たちの命を本当に救っていたのだ――。

俺がヒーローを辞めようと思った大きな理由の一つが、地球に現れた怪人を五人でよってたかって成敗していることだった。あの姿に、自分は本当にヒーローなのだろうかと疑念を抱いてしまったのだ。

でも今説明されたように、その命を救っていたのなら話は別だ。自分の描くヒーロー像に近いとすら感じる。もちろんこの怪人たちが第三の敵とは違って、地球に危害を加えることのない怪人だったことは大前提にあるだろう。だからこそ今もこうやって面と向かって理性的に話ができているのだ。

「そうか……」

ようやく少しずつ目の前の事態を咀嚼《そしやく》して受け入れ始めている自分がいた。

「そうだったんだな……」

でも悪くない。それどころか俺の望んでいるような結末だった。

これぞヒーローとも言えるシナリオだったのだ――。

そして、ブルタンが仕切り直すように、私に向かって最後に言った。

「……私もこんなことがあるなんて信じられなかった。ただ今は感謝しているよ。タイマーサは私たちにとっても脅威といえるし、地球側と協力的な立場を取れるのは今後を考えてもありがたいことだ。おかげで戦いに敗れたにもかかわらず、いずれは故郷の家族にまた会うこともできるんだからな。これ以上の喜びはないさ。――ありがとう、ジャスティスグリーン」

「ブルタン……」

――怪人から「ありがとう」を言われるなんて思わなかった。

やっぱりヒーローはありがとうと言われる仕事なのだろうか。

今はブルタンの姿が遠い星の怪人ではなく、同じ地球に住む人間のようにも思えてくる。

いや、そもそも怪人なんて勝手に俺たち人間が言い始めただけだ。彼らからしたら、俺たちこそ怪人だったのかもしれない。

俺は、初めて彼らと繋がり合えた気がした。

ありがとうと言うべきは、俺の方だったのだ――。

「ブルタン、ありが……」

――その時だった。

「……大変なことを知ってしまったようだな、名取君」

ドアの前に立っていたのは、山崎さんだった。

俺をジャスティスレンジャーにスカウトした当事者だ。

そしてもう一人、男が隣にいた。

「……非常に残念だよ、グリーン」

――レッドが、そう言って首を小さく横に振った。

「……」

俺はグリーンのはずなのに、頭の中は真っ白になっていた。

◯

「名取さん、ちゃんとそっちのモニター確認できてる？」

「い、今やってるよ！」

「ほう、次はイカルーガがやって来ましたか、大王様も流石の采配《さいはい》をしてきますねぇ」

「本当は大王様にも地球で起きていることを、早く伝えなければいけないんだがなあ……」

あれから想像もつかない展開が待っていた。

──俺は組織の内部で働くことになったのだ。

ジャスティスレンジャーを辞めようとしている旨を真剣に山崎さんに話した。でも怪人たちと協力関係にあるのは組織内の最高機密だったため、ジャスティスレンジャーをすぐに辞める訳にはいかなくなった。

そこで妥協点として決まったのが、前線のジャスティスレンジャーとしてではなく、組織内部の裏方にまわることだった。

それは結果的に、俺にとっては願ったり叶《かな》ったりだった。

組織内部の仕事はシフトに融通がきくようになっていた。元からの職員もいるから人手はかなり足りているのだ。

だから組織内部の仕事とスーパーの仕事を並行していくのは容易だったし、色々慣れてきた頃に組織内部の勤務数を減らして、スーパーの正社員の話を受けるのもできそうだった。

「……さて、ジャスティスレンジャーはグリーンが欠けていてもちゃんと勝てるものだろうか？」

ブルタンがモニターを見つめながら言った。確かに今はいつもとは違う四人の編成だ。でも俺からするとそんなことは何も問題がないように思える。

「端っこにいる俺の存在なんて別にいてもいなくても同じだよ、大体それでも四対一なんだから勝ってもらわなくちゃ困るさ。それよりも何かあった時はお前らもちゃんと手伝ってくれよ」

「もちろん、仲間の命を救うために協力は惜しまないさ」

そう、ここから戦闘が終わる瞬間、今までと同じようにイカルーガという奴のことを助けてあげなければならない。その作業は怪人たちにも手伝ってもらうことになっているのだ。

失敗は許されないし周りにもバレる訳にはいかないが、そこで怪人の特殊能力が役に立つ。ここまで協力的になってくれているのも、第三の敵の存在はあるが、一番は故郷の星、バーチバにいつか戻れるという目標があるからだろう。ブルタンたちから大王様や家族の話を聞いているうちに、すっかり同じ職場の気のおけない同僚のような関係になっていた。

「イエローさん、なんだか元気なさそうではありませんか?」

バベルがモニターを指差して言った。

「……確かに痩《や》せたかもしれないな」

明らかにいつもとは様子が違う。もしかしたら俺が急にいなくなったのが関係しているのだろうか。イエローは俺にとっての唯一の理解者だったけど、イエローからしてもそうだったはずだ。今は複雑な思いを抱えてあの場に立っているのかもしれない……。

——すると次の瞬間、襲いかかって来たイカルーガに向かって、イエローが叫びながらパンチをした。

「イ、イエローダンデライオンパーンチ！」

「イエロー……」

その言葉を聞いて、俺はあの日の飲み会のことを思い出した――。

「……」

タンポポはイエローとグリーンの花。

俺たちの花だ。

道の端っこで咲く花。

でも今は俺が戦いの場にいない。

そのことをイエローは、俺の弔い合戦のように思ってくれているのだろうか。その気持ちが嬉《うれ》しかった。それにしてもおまえは、本当に戦うのに向いていない優しい奴だよ……。

「ダンデライオンってなに？」

ジェラミスがモニターを見つめながら不思議そうな顔をして言った。

「……タンポポのことだよ」

俺がそう言うと、ジェラミスはまだ首を捻《ひね》って尋ねてくる。

「タンポポって？」

「地球の花の名前だよ。道端によく咲いてる黄色い花」

「バーチバにもある花ですかね？　星によって物の名前は異なることも多いので。タンポポの色以外の特徴を教えてくれませんか？」

「……小さな花びらが集まった花だよ。花が咲き終わると綿毛を飛ばしたり、葉っぱがライオンの牙《きば》みたいにギザギザだったりするんだ」

俺がイエローから教えてもらったことも混ぜて説明すると、バベルが少し驚いたような顔を見せた。

「……どうした？」

「いえ、偶然だな、と思いましてね」

「偶然？」

そこで口を開いたのはブルタンだった。

「私の名だ」

「えっ？」

「そのタンポポという花は私たちの星ではブルタンと言うんだ」

「そう、なのか……」

意外なところで、話が繫《つな》がってしまった。なんだかやっぱりこのブルタンたちとは、縁があるように思えてしまう。

「俺はやっぱりなにかと縁があるな、グリーンだけに……」

緑ではなく縁。

誰にも伝わらないような分かりにくい漢字のカラージョークを呟《つぶや》いて、それからまたモニターを見つめた。

「なんだか、不思議なもんだよな……」

モニターの中では、いつものように、ジャスティスレンジャーが優位に戦いを進めている。

その戦いを俺は怪人と呼んでいたブルタンたちと一緒に眺めているのだ。

「イカルーガ、根性を見せろ！」

――ヒーローってなんだろうか。

「負けても骨は拾ってあげますからね」

――正義とは、悪とは、なんだろうか。

「……そろそろ頃合いか」

世の中の争いって、常に良い奴と悪い奴が戦っているんだと、俺は思い込んでいたのかもしれない――。

モニターの中では、ジャスティスレンジャーが横並びになって必殺技の準備をしていた。

俺も、少し前まではあの中で戦っていたんだ。

レッドやブルーみたいな、主人公とは違う端役として戦っているものだと思いこんでいた。

でもそれも違うのかもしれない。

そう感じたのは、正義も悪もその違いがよく分からないのだとしたら、主人公や脇役や端役の違いなんてものも、そんなにないんじゃないかと思ったのだ。

この世界は白とも黒とも青とも赤とも緑とも区別できないものが混ざり合って広がっている。

それはそのままでいいんだと思う。

そんなカラフルな場所こそが、きっと誰もが主人公になれる世界のはずだから――。

「今だ！」

「イカルーガを助けましょう！」

「ああ！」

「出動だ！」

なんだか皮肉なことに、こうやって怪人たちと一緒に誰かを助ける仕事をしている今が、一番正義のヒーローみたいだった。

第四話

役者の斬られ役

高橋博

「ぐわあぁぁあ！」

「ふぅ、危ないところでしたな」

「ありがとうございます、お侍さん！」

「なんのこれしき、あなたに怪我がなくて良かった。それじゃあ私はこれにて……」

「待ってくださいお侍さん、お名前だけでも教えてください。お礼をちゃんとしたいのです」

「名乗るほどの者じゃあありませんが、それではまた何かあったときに困ってしまいますよね。私の名前は藤次郎《とうじろう》です。よく覚えておいてください。そして何かまた困ったことがあれば風に向かって私の名前を呼んでください。どこからでも飛んで参りますから」

「藤次郎さん……、御達者で！」

「……はい、オッケー！　素晴らしい！」

――本日のドラマ撮影終了。

私の出演するドラマのラストシーンだった。物語としても見せ場の回であり、視聴者の感動と熱狂を同時に誘うシーンである。

……といっても私にとっては最後であり最初の出演シーンだ。私の役名は藤次郎ではない。そもそも名前すらない。あるのは一行のセリフ。「ぐわああぁぁあ！」だけだ。もはやセリフと言っていいのかもよく分からないレベルだったが、これが私に与えられた役、つまり斬られ役だった。

「流石良かったですよ、バッチリでした！」

「いえいえ台本がいいですからね、セリフを読んでいて気持ちがノりましたよ」

監督と主役の男の話し声に思わず聞き耳を立ててしまう。もしかしたら私の話をしてくれるかも、なんて期待もあったが、そんな気配は微塵《みじん》も感じられない。まあそれも当たり前の話だ。私はただの脇役。それも画面に背中しか映らない脇役中の脇役の斬られ役なのだから。

「ったく……」

それでもぼやきたくなったのには理由がある。今主役の男がいいと言った台本の中のセリフのことだ。「何かまた困ったことがあれば風に向かって私の名前を呼んでください。どこからでも飛んで参りますから」というのは明らかに、ある過去の名作映画のパクリだった。

『男はつらいよ』である。そのシリーズの四十三作目『寅次郎の休日』の中で渥美清《あつみきよし》扮《ふん》する車寅次郎《くるまとらじろう》が「困ったことがあったらな、風に向かって、俺の名前を呼べ。おじさん、どっからでも飛んできてやるから」と甥《おい》の吉岡秀隆《よしおかひでたか》扮する満男《みつお》に向かって言うのだ。

あれは名台詞《せりふ》だった。寅さんという人柄を表し、そして観客の心に響いて残るようなものだった。だからこそ私はそのセリフとほとんど同じものが台本の中にあることにすぐ気づいた。

だがこの若い役者はまったく気づいていない。あろうことか監督も分かっていないようだった。セリフになんの手直しもすることなく撮影を済ませているのである。

もしかして気づいたのはこの広いスタジオの中でも私だけなのだろうか。……だがもしそうだったとしても、今の私には指摘することができなかった。それこそ私は、風に吹かれて飛んでいってしまいそうなほどの哀れな泡沫《ほうまつ》の役者だ。口答えどころか口を挟むことも許されるはずがない。現場で意見するにも立場というものがあるのだ。そういう処世術は今までのキャリアの中で培ってきたことだった。

「……お疲れ様でした！」

言葉をグッと飲み込んで、その日の現場を後にする。この役に手応《てごた》えなんて何もなかったし、後味もなんとも悪かった。

帰りの道を歩きながら、ほんの少し違う想像もしてしまう。

——若い頃の私なら食ってかかるような発言をしただろうか。

監督や他の演者と喧嘩《けんか》をしてでも、良い作品を作ろうという気概を持っていた時もあった。でも今は自分のポジションを守るのに必死だった。大した立場がある訳でもないのに、歳をとって臆病《おくびょう》になっている自分がいたのだ。

「はぁ……」

——現在、四十歳。

代表作、これといってナシ。

自己紹介のギャグとしてなら掴《つか》みはオッケーだが、役者歴二十年以上のプロフィールとしては最悪。喜劇を通り越して悲劇だ。

ため息の後に、自分に問いかけてしまった。

私がなりたかった役者はこんなものだろうか。

私の役者としての終着点は、こんな場所だろうか——。

「……」

道端で立ち止まっているうちに、いつの間にか辺りは、すっかり夜になっていた。等間隔に並んだ街灯の明かりがやけに眩《まぶ》しく感じる。

「明かりか……」

そこでふと思い立って、一本の街灯の下に立ってみた。そうすると街灯の光が自分だけに真っ直ぐスポットライトのように当たる。

その場に立って、顔を上げて呟《つぶや》いた。

「……私はどうすればいいですか、……寅さん」

風に向かって寅さんの名前を呼んでみたけれど、ひゅうっと冷たい風が身に染みるだけだった。

○

翌日は食品工場での日勤だった。時間に融通が利くのもあってここでラインスタッフとして、もう五年は働いている。

担当は主に生鮮食品の加工とパッケージング。私の作業は、パックの刺身にタンポポを載せる行程だ。仕上げの一花を添える訳である。

そんな流れ作業の勤務中は、どうしてもふと考え事をしてしまうことが多くなった――。

――大学時代、私は演劇サークルに所属していた。入部の決め手は新歓コンパのビラを配っていた美人の先輩に一目惚《ひとめぼ》れしたというくだらない理由である。

しかしその後、演劇サークルの舞台公演を見に行って度肝を抜かれた。初めての体験だった。同年代の人たちがこんなにも活《い》き活きと輝く姿を初めて見た。演技自体こっ恥ずかしいものだと思っていた私の考えは、たった一日で塗り換えられたのである。

それから不純なきっかけで入った演劇サークル活動に、いつの間にか私はのめり込んでいた。それでもまだその時は将来の夢として役者を追うほどではなく、あくまでサークル活動の範疇《はんちゅう》だった。

その思いが一変したのは、とある一本の映画がきっかけだった。名作と呼ばれるコメディ映画だ。画面の中では往年の名優たちが輝いていた。そして私はその世界に飛び込みたいと思ってしまったのだ。大学三年生の時である。私はサークル長として、部を引っ張る立場になっていた。それからは就職活動もせず、大学を卒業してからはもっと開かれた劇団を自分自身で立ち上げた。

朝から晩まで稽古《けいこ》漬けの毎日。私と同じように熱意を持った者たちが何人も集まった。その中にいたのが後に妻となる、理恵《りえ》である。理恵の年齢は私の一つ下。華奢《きゃしゃ》な体の内側に熱い想いを宿していて、公演後の打ち上げではいつも誰かと演技論を語り合っていた。

一次会、二次会、三次会、と進むころには大分人も少なくなるのだが、理恵はいつも最後まで参加していた。締めとなる四次会のラーメン屋で強制的に解散となるのが恒例になっていた。

そんな生活が数年続いたが、徐々に歯車は狂い始めていた。劇団として話題になることもなく集客は減る一方で、一人辞め、また一人辞め、時が経つうちにみるみる人がいなくなった。そして、劇団は解散することになってしまった。

夢だけでは食っていけないし、先が見えなかった。いや、どちらかというと目の前の現実だけがまざまざと見えるようになったのかもしれない。

仕事や家庭、そんな目の前にあるものと向き合わなければいけなくなったのだ。

結果、最後に残ったのが、私と理恵だった。

劇団解散の最終日、二人だけで打ち上げをして、最後にまた締めのラーメンを食べることになった。

しかし、偶然というか皮肉というか、私たちの劇団が解散するのとほぼ同じタイミングで、行きつけのラーメン屋も閉店していたのだった。

「これじゃあ最後なのに締まらないね」

理恵がそう言った後に、すぐに言葉を続けた。

「私がラーメン作ろうか？」

私は理恵の誘いに乗った。

理恵の家に行ったのだ。劇団仲間で何度か訪れたことはあったが、一人で行くのは初めてだった。

もう明け方が近い台所にラーメンの湯気が立ち上る。これはこれで何か映画の撮影のようだと思っていると、理恵が割り箸《ばし》と丼《どんぶり》を持ってきた。

「どうぞ」

「……いただきます」

その時のラーメンの味を説明するのはとても難しい。昇ってきた陽が窓から少し差し込むのと、冬の日の冷たさと、理恵の部屋の中にいるのと、それぞれが絶妙に合わさって今までにない旨《うま》さを生み出していた。

「……これからも俺にラーメンを作ってくれないか？」

食べ終わった後に私はほぼ無意識にそう言った。

理恵はほんの少しだけ驚いた顔をしてから私を見つめて答えた。

「……それってもしかしてプロポーズ？　これから俺に味噌汁《みそしる》を作ってくれないか？　みたいな」

「あっ……」

アパートの薄い壁で隣に迷惑にならないように、二人で小さく笑った。

そして、私たちはそのまま結婚することになる。三十三歳の時だった。それから翌年に息子が生まれて、今はもう六年が経つ。

こうして振り返ってみると思い出は甘酸っぱいものである。いや一杯のラーメンがとても印象に残っているから、ほんのりしょっぱいかもしれない。

もう四十歳にもなって子どももいて、ひたむきに夢を追うような年齢ではないのは分かっていた。未《いま》だに自分のやりたいように役者をやらせてもらっているのは、紛れもなく理恵のおかげだ。私の安月給を支えてくれているし、家のことの多くを担ってくれている。

そして何より一番近い距離で、私の役者としての仕事を息子と共に応援し続けてくれていた。

最近は息子も役者という仕事を理解する歳になっていて、斬られ役でもなんでもテレビをチェックするようになった。しかし未だに父親として胸を張って報告できるような役を得たことはない。

ここらへんが潮時だろうか。これから家庭のことでますますお金もかかってくるだろう。今の生活をいつまでも続ける訳にはいかなかった。

夢を追いながら家族を幸せにする。そんな二足の草鞋《わらじ》を履き続ける訳にはいかない状況が、目の前に迫ってきていた……。

「はぁ……」

——現実に引き戻されると、思わずため息が出た。それでもマスクをしているから周りにバレることはないだろう。皆黙々と作業をしている。周りの人たちも何か考え事をしながら作業をしているのだろうか、それとも……。

「タンポポ補充デス」

「おっ、サンキュー」

タイミング良く追加のタンポポを持ってきてくれたのはドミニカ出身のボビーだ。

彼は私の斜向《はす》かいで大根のツマを載せる係を担当している。

ちなみに仕事上タンポポと言っているが、刺身に添えられているこの花は正確にはタンポポではない。

食用菊である。その名の通り食べることができる。食べ方は、花弁をちぎって醤油《しょうゆ》に散らして、彩りと香りを楽しむのが一般的とされている。しかしこの食べ方が一般的に広がる兆しは今のところまったくない。そのままひょいっと捨てられているのが現状である。

そもそもなぜ食用菊が刺身に添えられることになったのかというと、菊にはグルタチオンという滅菌効果のある酵素が含まれているからだ。いわゆるわさびなどと同じで食中毒の対策である。普段はただの飾りつけや、むしろ邪魔な添え物扱いをされている節すらあるが、その存在にはちゃんと意味があるのだ。ただこの事実も一般的にまったく知られていないのが悲しいところである。

「はぁ……」

せめてまずはタンポポ、ではなく食用菊と呼ばれるのを目指すべきだろうか。だが実際タンポポはキク科なので、同じ仲間だ。普段からこの食用菊を扱っている私たちでさえも、タンポポと呼んでいるのだった。

「高橋《たかはし》サン、タメ息二ツ」

「……さっきのも聞こえてたのか？」

「モチロン、オ疲レノヨウデスネ」

「そんなマスク越しでも疲れてるように見えるなんてなあ」

「私目イイネ、毛穴マデクッキリ見エルネ」

「そうか、毛穴もか……」

よく見えるということを強調して言いたかったのかもしれないが、その言葉のチョイスは間違っている気がした。でも私のことを気にかけてくれていたのは嬉《うれ》しかった。

「ボビーも大変じゃないか？　今月はかなり残業してるだろ？」

「大変ダケドヤルシカナイネ、コレクライヘッチャラ」

ボビーは三人の息子を持つシングルファーザーだ。普段の陽気な雰囲気からは伝わってこないが、私なんかとは比べ物にならないくらいに大変な生活をしているだろう。

国籍こそ違えど、この場所で肩を並べて働く同じ父親同士というのもあって、私たちの間にはいつしか友情が結ばれていた。単調な流れ作業の仕事ではあるが、その中で楽しみを感じることができていたのも、ボビーが側にいるからに他ならなかった。

それからボビーは、作業の手をちゃんと動かしながら話を続ける。

「高橋サン、大変ナ時ハ、タンポポミタイニ笑ウトイイネ」

「タンポポみたいに笑う……」

急にそう言われて、いつも何気なく載せているタンポポをまじまじと見つめた。

「ボビーにはこのタンポポが笑っているように見えるのか？」

「見エルネ、花ハミンナ笑ッテル。花弁マデニッコリ」

毛穴までくっきりみたいな言い方で言うから、思わず噴き出しそうになった。花弁なんて言葉をよく知っていたものだ。

「良《い》いこと言うなあ、ボビーは。私が教えられることばかりだよ」

「コトワザカラ学ンダネ、笑ウ門ニハセールスマン来タルッテ」

「……笑う門には福来る、な。笑うセールスマンが来たら不穏なことしか起きないよ」

ウケ狙いではなくやっぱり素なのだろうか。その言い間違いには思わず訂正を入れた。それからボビーが不思議そうな顔を見せて言った。

「フオン？」

「そう、穏やかじゃないってことさ」

不穏という言葉はまだボビーの日本語辞書にはなかったみたいだ。

「穏ヤカジャナイ……」

そう呟《つぶや》いてから、ボビーは穏やかな瞳《ひとみ》をして私に言った。

「早ク高橋サン穏ヤカニナレルトイイネ」

「……ああ、そうだな」

ボビーの言葉が、また私の耳に飛び込んでくる。でも今度はその言葉が私の頭の上にふわふわと浮いた。私にとっての穏やかな日々とはどんなものだろうか……。

それはもしかしたら役者の仕事の中にはないのかもしれない。夢を追い続ける日々は幸せでもあったけど時に残酷だ。だとしたら、私の追い求めている先にあるものは一体なんだろうか……。

「フンフフーン……」

マスク越しに、ボビーの鼻歌が聴こえた。

歌っていたのはボブ・ディランの『Blowin' in the Wind』。邦題は『風に吹かれて』だ。

私の視線に気づくとボビーは、「私ノ名前トホボ一緒ノアーティストネ、穏ヤカニナレル曲多イネ」と言って笑った。

そういえばボビーは前にも同じくボブ・ディランの『Like a Rolling Stone』を歌っていた。

きっと、ボビーは私のために鼻歌を歌ってくれたのだろう。

私の抱いた疑問の答えも風に吹かれているのかもしれない。

○

急な残業が入って帰りはいつもより遅くなった。家に帰って一息つけるかと思ったが、我が家では穏やかではないことが起きていた。

今日、妻の理恵が学校に呼び出されたのだ。

「……相手に怪我はなかったんだよな？」

「うん、すぐに仲裁に入ってくれた子がいたおかげで、喧嘩《けんか》自体はすぐに終わったみたいで……」

呼び出された原因は、小学一年生の息子の功太《こうた》がクラスの子と喧嘩をしてしまったからだった。大事には至らなかったみたいだが、学校での初めてのトラブルらしいトラブルに、内心は動揺していた。

「功太も怪我はないんだもんな、それなら良かったよな……」

「そう。お互いに怪我がなかったのはまだ良かったんだけど……」

理恵の口ぶりは重いというよりは、なにか歯切れが悪かった。

「だけど……」

「……功太の喧嘩って、なにが原因だったんだ？」

「それは、なんか授業のことみたいで……」

「……授業中に？　一体何があったんだ？」

「なんか、その、……父親の仕事の作文発表会っていうのがあったみたいなんだけど……」

なんか、という言葉の連続に、私に気を遣って言葉を選んでいるのがありありと分かってしまった。

「私の、役者の仕事のことか……」

「……ちょっとクラスの子に心無いことを言われたみたいでね」

「心無いこと……」

内容を聞かない方が私の心の平穏は保てていたのかもしれない。でも私は功太の父親だ。功太のこれからのためにも、その続きを聞かない訳にはいかなかった。

「……どんなことを言われたんだ？」

「どんなことって……」

「……一思いに言ってくれ、バッサリと斬るように」

斬られることには慣れている。理恵が意を決したような顔になって説明をしてくれた。

「その子、テレビが好きみたいで、あなたがドラマに出ていたのも知ってたみたいなの。それで功太が『お父さんはドラマに出ている役者です』って作文で読んだら、その子が『ちょい役とか、斬られる役ばっかじゃん。カッコ悪い』とかバカにするようなことを言ってきたみたいで……」

「そんな……」

真相は、思っていたよりも、私の心にずっしりとくるものだった。いや、のしかかられるというよりは思いきり殴られたような衝撃だった。カッコ悪い。ありきたりな言葉だが、それがクラスのみんなの前で言われたものだと思うとやるせなくなる。しかも自分の父親に対してだ……。

私の仕事のことで、功太までバカにされるなんて思わなかった。しかもそれが原因で、喧嘩にまで発展してしまうなんて……。

「それで功太も怒って喧嘩になっちゃって……、相手の子も悪かったからってことで、先生や相手の親も怒ったりとかはなかったけど……」

「そんなことがあったんだな……」

学校の中では大事に至らなかったのは良かったと思えるが、私の頭の中では一大事に至っていた。

大きな、それは大きな問題だった――。

私だけがバカにされることはかまわない。現にこの歳で夢を追っていることを、久々に会った同級生から、からかわれたこともあった。ただ息子のこととなると話は別だ。

なぜ私のことで息子がバカにされなければいけないのか。功太にはなんの非もないのだ。悪いのは私だけで……。

「……功太はもう寝たか？」

「さっき、布団に入ったところだけど……」

「……ちょっと功太と話してくる」

壁に掛けられた時計を見て席を立つと、「ありがとう……」と背中に声をかけられた。私はその言葉に何て答えればいいか分からなくてそのままリビングを出た。

「……功太、入るぞ」

部屋を開けると、そこにはベッドに入った功太がいた。

「もう眠るところだったか？」

「うん、でもまだそんなに眠くないよ」

功太が小さく笑って言った。いつもよりも元気そうな表情は作られたものだろう。妻だけではなく、まだ幼い息子からも気を遣われてしまった。自分があまりにも情けなくなってくる……。

「学校のこと、お母さんから聞いたよ……。お父さんのせいで、功太に嫌な思いさせちゃってごめんな……」

自分で言っていて、胸の奥がきゅっとしまるようなセリフだった。功太に恥をかかせたのは事実だが、私自身の仕事は恥じるべきものではないはずだ。ただ私に与えられた仕事をしていただけである。……なんて情けない父親だろう。私のその心の底の思いが伝わったのかもしれない。功太が首をぶんぶんと横に振って言った。

「お父さんのせいなんかじゃないよ」

「功太……」

「それに嫌な思いなんてしてない。ちょっとカチンときただけだもん」

功太が頬を膨らませるような顔をする。それからまた頬をしぼませて言葉を続けた。

「でもケンカは良くなかったよね、それは正義に反するから」

「功太……」

功太が言ったのは、今ハマっている正義戦隊ジャスティスレンジャーのセリフだった。

功太のベッド脇にはその人形が置かれている。中でも功太のお気に入りは、キャプテンのレッドや中心的な存在のブルーやピンクではなく、一見地味なジャスティスグリーンだった。

グリーンはいつまで経っても主役にはなれない脇役だ。物語の中でも決して目立つことはなく、正義戦隊の中でも補佐的な存在である。功太がそんなジャスティスグリーンを好きになったのは、もしかしたら私と重ね合わせていたからだろうか……。

「……」

それでも私には恐れ多い。なぜならジャスティスグリーンは立派なヒーローなのだ。

私は、功太にとってのヒーローになんてなれている気がしない……。

「……お父さん、これからもっと凄《すご》い役やるよね？」

功太が、あまりにも純粋無垢《むく》な瞳《ひとみ》を私に向けて言った。

私は考えるよりも先に頷《うなず》いていた。

「……これから功太が学校で胸を張って過ごせるようにするからな」

私は功太の目をまっすぐに見つめて言った。功太もまっすぐに私の目を見つめてくれていた。

この視線を決して逸《そ》らしてはいけない。

私は功太に大切な約束を一つした――。

「――お父さん、いつか主役をやるからな」

○

「はぁ、ぜぇ、はぁ……」

滾《たぎ》っていた。こんなにもまたまっさらに真剣な気持ちで芝居と向き合うのは久しぶりのことだった。

夢をずっと追ってはいたけど、どこかで手を抜いていたのかもしれない。ひたむきに向き合ってきたつもりだけど、心のどこかで諦《あきら》めてしまっていたのかもしれない。

でも功太と約束をした。だからこそもう逃げる訳にはいかなかった。

私は戦わなければいけない。ヒーローとして、父親として、大きな背中を功太に見せなければいけなかった。

「はぁ、はぁ……」

こうしてランニングで体力作りをしているのには理由があった。いま私が役をもらっているのは時代劇がほとんどだ。その中でも多いのは殺陣《たて》などのアクションシーンである。だからこそ徹底した体力作りが必要なのだ。

「はぁ、ふぅ……」

数キロ走った後に目当ての場所にたどり着いた。江戸川の河川敷だ。最近は朝夕と一日二回来ている。早朝はボイストレーニングを兼ねた声出しの練習。夕方は実際に決まっている配役のセリフ練習だ。

いつか主役をやると功太と約束をしたけれど、役者は望めば主役をできるなんて簡単な仕組みにはなっていない。主役を摑《つか》むためには、やはり現状の役で良い芝居を見せて評価される必要があった。

だからこそ今以上に、既に決まっている脇役でも端役でもちょい役でもなんでも、改めて全力で臨もうと決めたのだ。

「……うぐあああぁぁあああ！」

これはとある時代劇の斬られ役のセリフ。

「……ぬぐおおおおぉぉおおっ！」

これもまた斬られ役のセリフ。

「う、うわああぁぁあっ！」

これは再現ドラマの交通事故で死ぬ役のセリフ。

「うっ、ぐふっ、そんな……」

これはサスペンスドラマの毒殺される役のセリフ。

……こうしてみると死んでばかりだ。

でも死ぬ役は物語からは途中退場とはなるけれど、必ず見せ場はある。一瞬だとしても、その瞬間は必ず輝きを放つのだ。

私はそんなたった一行のセリフにも全力をもって取り組もうと思った。きっと誰かがどこかで見てくれている。このたった一行のセリフが、主役の道へと続いているはずなのだから——。

「……うぐああぁぁああ！」

もう一度、繰り返す。

「……ぬぐおおおぉぉおおっ！」

近くに並んで座って良《い》い雰囲気になっていた高校生の男女が遠巻きにして離れていったけど、今は気になんてしてられない。

「う、うわあぁぁぁああっ！」

すまない、青春をしていた高校生たち。

私は主役の座を掴まなければいけないのだ――。

「うっ、ぐふっ、そんな……」

夕焼け空に、奇妙な叫び声が何度も響いた――。


――次の撮影日。準備は万全だった。斬り伏せられる下級武士の役である。走り込みを続けて痩《や》せたのもあって、役柄としてもマッチしていた。内面的にもリンクするところがあったと思う。下の位から成り上がろうという野望の部分だ。これなら出番はいつも通り一瞬でも、爪痕《つめあと》を残せると思っていた。役柄と自分自身が重なったこの役にはかなりの自信を持っていたのだ。そして今日はチーフプロデューサーも撮影に来ているからチャンスに違いなかった。

「それじゃあ本番！　三、二、一……」

――撮影が始まった。

今はまだ私の出番ではない。主役の佇《たたず》まいをメインに映すシーンだ。照明で模した月の光に当たりながらカメラに向かって睨《にら》みを利かせている。

それにしてもその姿を見ているとやはり引き込まれるものがあった。元々モデル出身で背が高いというのもあるだろうが、私にあの雰囲気が醸し出せるか分からない。やはり主役には独特のオーラがある。あそこにたどり着くには、普段の稽古《けいこ》とはまた違う何かが必要なのだろうか……。

「……」

それが持って生まれた才能のようなものだったらどうしようか――。

そんな不安が一瞬、頭の中をよぎった。私は努力はした。努力はこれまでもずっと重ねてきたつもりだ。でもそれが才能と結びついたかは分からない。

やりたいことをやってここまできただけだ。そして今、思うような場所にたどり着けていない現状である。今も思い悩んで、もがきながら毎日壁にぶつかっている。だとしたら、私に役者の才能はあるのだろうか……。

「…………」

本当に私は、功太との約束を果たして主役の座を摑むことができるのだろうか――。

「はい、それじゃあ次のシーン行きますよ！」

ハッ、としてその瞬間に現実に引き戻された。私の出番がやって来たのだ。

「……お願いします！」

頭を下げて、挨拶《あいさつ》をしてから所定の場所につく。私のルーティンのようなものだ。今までもこうやってきた。そして今日はいつにも増して大きな声が出た。漲《みなぎ》っているのは自信か、それとも……。

「それじゃあ本番！　三、二、一……」

さっきと同じ声がフロアからかかって、撮影が始まる。

——気合を入れろ、集中。

雑念を振り払ったタイミングで、主役と対峙《たいじ》する格好になる。もちろん相手は私一人だけではない。他にも複数名の下級武士がいた。

「……どこからでもかかってこい！」

主役のその声がきっかけとなって戦いが始まる。

「ぬおおっ！」

私の隣の男が斬りかかっていく。しかし刀を振り上げた瞬間に、主役から腹を斬られた。

「ぐふぅっ……」

次は私の出番。

「うおおおっ！　覚悟おおっ！」

——刀と刀がぶつかる。

それからタイミングよく弾《はじ》き飛ばされて体勢を崩した瞬間に、相手から胸元を鋭く斬り裂かれた。

「……うぐあああぁぁあああ！」

あれほど何度も河川敷で練習した「……うぐあああぁぁあああ！」だ。今日はその中でも渾身《こんしん》の「……うぐあああぁぁあああ！」が出たと思う。

それから糸が切れた操り人形のように、ばたりと地面に崩れ落ちた。受け身なんて取らない。実際に斬られた時はそんな反応にならないからこそ、そのリアルを忠実に再現したのだ。これが今の私にできる最大限の表現方法だった。

「はい、カーット！」

——出番が終わった。立ち上がると唇のあたりに血が滲《にじ》んでいるのが分かった。地面に倒れ込んだ時に切ったのだろう。これもまた勲章のようなものだ。

この場で余計な時間を取らせるつもりはない。指定された待機場所へと戻る。出番が終われればそれ以外にやることはないのだ。

ただそう思っていたところに、想定外の出来事が起きた。

——チーフプロデューサーがすぐそばにやって来たのだ。

そして私に向かって言った。

「君、名前は？」

間違いなく私に向けられたものだった。

「た、高橋です。高橋博《ひろし》です……」

「そう、良い芝居してたね、鬼気迫るものがあったよ。一人だけ本当の戦場にいるみたいな」

「あ、ありがとうございます！」

私にとってここはただの芝居の上での戦場であるだけではない。私の人生の戦場だったのだ。ここで爪痕を残さなければ生きて家に帰ることはできない。そういう気持ちでやった。そしてその姿をちゃんと見てくれた人がいたのだ――。

「あ、あの……」

ここはチャンスだ。多少勇み足になってしまったとしても、主役の座を掴《つか》むためにアピールすべきタイミングである。目の前にいるのはチーフプロデューサー。今後のドラマを含めて、制作の全権を握っていると言っても過言ではない。

「わ、私は時代劇が……！」

――しかし、私がアピールの言葉をぶつける前に、チーフプロデューサーの方から言葉が返ってきた。

「……この時代劇の枠、もう今クールで無くなるんだよね。次からはバラエティになるみたいでさ」

「えっ？」

初耳だった。

「そ、そうなんですか……」

「うん、時代劇は金がかかるからね、テレビ自体斜陽なところもあるし切れるところから切ってく感じかなあ。まあ俺も早期退職で来年にはお役御免だからそんなことも関係ないんだけどさ」

「……」

そんな話を聞かされるとは思っていなかった。アピールしようと思って考えた言葉がすべて胸の奥に引っ込んでしまう。思わぬ事情を聞かされて、一介の役者が何を言えばいいのか分からなくなった。そして自分を褒めてくれたこのチーフプロデューサーも、じきにいなくなってしまうなんて……。

「君もさ、色々考えた方がいいよ」

「色々考えた方がいい……？」

「色んな道があるってことさ。まあ頑張って」

チーフプロデューサーは私の肩にポンと手を置いてから去っていった。

「……」

それはアドバイスというよりは最終通告のように思えた。

「どうすれば……」

考えた方がいいと言われたのに、今は何も考えられなくなってしまった。

「私はどうすればいい……」

私にどんな色んな道があると言うのだろうか。

どんな道も、今目の前には広がっていない気がした。

○

「……高橋サン、大丈夫デスカ？」

翌日、工場の夜勤に入った瞬間、ボビーからそう言われた。マスクをしてこれだけ顔を覆っているのに会ってすぐ心配されるなんて、よほど酷《ひど》い顔をしていたみたいだ。

でもそれも仕方なかった。昨日チーフプロデューサーから言われたことがずっと頭の中に引っかかっていた。

あれはただの世間話だったのだろうか、それともやっぱり私に対する最終通告のようなものだったのだろうか。

「……」

ここまで一生懸命やってきた分だけ、ダメージがあった。時代劇のドラマ枠ごと無くなることも含めて運も味方についていないように思えた。再び立ち直った私の心をへし折るには充分だった。

「……ああ、大丈夫。ありがとう」

ここで弱音を吐いていても仕方ない。そしてここは役者とは関係のない食品工場の中である。同僚のボビーにも余計な心配をかけたくないからこそ、私は何気ない感じでそう答えた。

ただボビーの方がそれを見逃してはくれなかった。

「大丈夫ジャナイ人、スグニ大丈夫言ウネ」

「ボビー……」

ボビーには全てお見通しだったみたいだ。流れ作業はもう始まってしまう。ただ小さく頷《うなず》いて所定の位置につくしかなかった。ボビーもいつもと同じように私の斜向《はす》かいに立った。

私はタンポポの前。

ボビーは大根のツマの前。

それぞれが作業を行って刺身のパックを仕上げていく。いつもは無心で行っていたけれど、今は考え事が頭の中をぐるぐると回ってしまう。

「……」

確かに今の私は大丈夫ではない。

この先どうすればいいのかがわからなかった。

役者で成功するという夢をずっと追ってきた。それがいつしか私だけの願いではなく、結婚した後は理恵も応援してくれるようになった。そして今は功太との約束を果たさなければいけなかった。

でもその道はあまりにも険しい。というかその道が今は見当たらなかったのだ。私はこれから一体、どうしていけばいいのだろうか。どんな役者を目指せばいいのだろうか……。

その時視界に入ったのは、目の前にあるタンポポだった。

「タンポポ……」

刺身という主役の脇にあるタンポポ。いつまでも主役になることのない姿は、自分と似ていた。路傍で人知れず咲くその存在が自分と重なったのだ。

でも今は違う。私はもっとスポットライトが当たる場所で咲くような役者にならなければいけない。

そう考えてふと、パックに添えられた大根のツマの方に目がいった。

「大根……」

――私はタンポポよりも、大根の方が良い役者だと思っていた。

言うなれば大根役者だ。大根役者は、芸が拙い者を指す言葉である。そして大根はどんな食べ方をしても腹を壊さないから、転じて当たらない人気が出ない役者とも言われていた。

でも私はそんなことはないと思っていた。なぜなら大根のツマは刺身パックの中では名脇役だ。いつだって欠かせない存在であるし、刺身と一緒に食べられることがある。味噌汁《みそしる》に落として食べたっていい。

それに大根おろしは薬味としては一二を争う存在だし、おでんや煮物では主役になることだってある。

つまり大根はその姿形を変えて、脇役にも主役にも、どんな存在にもなれるのだ。

「……」

まさに理想の役者だった。大根役者という言葉には揶揄《やゆ》も含まれるかもしれないけれど、わたしにとっては褒め言葉だったのだ。

でも自分はそんな大根のようになることはできない。

いつまでもずっと脇役のままの刺身の上のタンポポだ。

他に姿形を変えることもなく、食べる時にはつまはじきにされてゴミと一緒に捨てられる。

「………」

ただそれでも、私はタンポポのことを嫌いにはなれそうにない。

だってその姿は自分に似ていたから。

タンポポを否定することは、自分を否定することと一緒だった。

私はやっぱり、タンポポに自分の姿を重ねていた――。

「はい、休憩の時間でーす！」

いつの間にか大分時間が経過していた。流れ作業は時間が長く感じることがほとんどだが、時々一瞬で流れ去ることがある。決まって今みたいな考え事をしていた時だった。

休憩に入るなり、意外な相手から声をかけられた。

「……高橋さん、ちょっといいかな」

現場にはあまり姿を現さない上司だ。その瞬間、良い知らせではないなと思った。

普段起きないことが起きる時は、大体そういうものなのだ。

「仕事のことなんだけどさ……」

最初によぎったのは、クビの宣告だった。今会社が経費を削減しているのは知っている。それで私に声がかかったのだと思った。これで工場の仕事もクビになるなんてまさに踏《ふ》んだり蹴《け》ったりな状況だ。神様が私を嫌っているのではないかとさえ思ってしまう。

でも、その予想は外れることになった。

「高橋さんには、これからは違うラインを担当してもらうことになるから」

「えっ？」

「もうタンポポ載せるのは今日で廃止になるんだよ。コスト削減の一つとしてね」

「タンポポ、廃止……」

あまりにも突然のことだった。私自身がクビになるよりも、予想していない出来事だったのだ。

「正直言って刺身のタンポポなんて誰も食べる人いないしね。食用菊とは言っても、そのことすら知らない人がほとんどだし。なので高橋さんは明日《あした》から別のお惣菜《そうざい》のライン担当になるからよろしく」

上司が私の肩を、ぽんと叩《たた》く。

「……っ」

その瞬間、チーフプロデューサーから肩を叩かれた記憶がフラッシュバックした。

「ちょ、ちょっと待ってくださいよ！……なんで、タンポポをなくしてしまうんですか！」

気づけば私は声をあげていた。あの時と同じように押し黙る訳にはいかなかった。この場所の担当は他でもない、私だったのだから――。

「……そんなのおかしいですよ！」

――さっきの、私の考え事のせいだろうか。

「……刺身パックの中にタンポポはなきゃ駄目じゃないですか！」

――タンポポよりも、大根のような役者になりたいと思ったからだろうか。

「……食べられなくてもタンポポにだって、ちゃんと役割があるはずなんですよ！」

でも、そんなのあんまりじゃないか――。

「主役の刺身だけじゃだめなんですよ！……タンポポだって、ちゃんと良《い》い仕事してるじゃないですか！　お願いだから、そういう脇役のこともちゃんと見てやってくださいよ！　端っことか、隅っこに咲いている奴の存在を分かってくださいよ！　こんなのあんまりじゃないですか！」

私の叫びが、工場内に響き渡る。

それから一度静寂に包まれた後に、上司が言った。

「……明日からタンポポがなくなったって気づかない人がほとんどだよ。あってもなくても同じなんだから」

上司からしたら、こんなタンポポ一つでなぜ喚《わめ》き立てているのか不思議だったのかもしれない。あくまでも冷静な言葉だった。

「……」

——あってもなくても同じ。

そう言われたときに、また心が折れた気がした。

いや、明確にボキッと折れる音がした。

今度の方が、重傷に違いなかった。

そんな言い方だけはして欲しくなかった。

あってもなくても同じだなんて――。

「……はい、休憩終わり！　作業再開するよ」

上司の声がかかって、みな作業に再び取りかかり始める。

ボビーは何も言ってはくれなかった。

私は、籠《かご》の中にたくさん入ったタンポポに目を向けることができなかった。

今は、タンポポも泣いている気がしたから。

○

夜勤が終わった。いつものバスでの一斉送迎を断って歩くことにした。今は誰かと一緒になりたくなかった。作り笑いをして話をしたくなかった。一人になって、まだ夜明けにはほど遠いこの仄暗《ほのぐら》い夜の道を歩きたかったのだ。

私が歩く先には誰一人いない。あるのは十メートルくらいの間隔で、ぽつんぽつんと灯《とも》る街灯だけだ。あのスタジオを出た時とは暗さが違う。光と影のコントラストが出来上がっているが、影の方がより一層あたりを覆っていた。街灯の光を受けて地面に映る自分の影は、ひどく不気味だった。

右手を上げれば、影も右手を上げる。

しゃがんでみれば、影も小さくなる。

歩を進めると、影もついてくる。

ある程度を過ぎると、さっきまであった影がすうっと見えなくなって、今度は先の街灯の下に新たな影が作り出される。

どちらにせよ影は、永遠について回るようだった。

わたしの影法師がずっとそこにいる――。

「影法師……」

――その時思い出したのは、とある物語の有名なセリフだった。

「……人生は歩く影法師。哀れな役者だ」

シェイクスピアの『マクベス』の一節である。マクベスが妻の死を突きつけられて追い詰められた時に出てくるセリフだった。人生という舞台の中で、哀れに踊らされる人間の運命の虚《むな》しさを嘆いた言葉である。

思えば私も若い頃、劇団でシェイクスピアの劇を上演したことがあった。主役のマクベスを演じたこともあった。その時の体験は強烈に残っていて、今でもその「明日《あした》」から始まるトゥモロー・スピーチと呼ばれるセリフを諳《そら》んじることができる。

「……っ」

角を曲がって一つ目の街灯の光の下で、そのセリフを空に放った。

「……明日、また明日、そしてまた明日と、記録される人生最後の瞬間を目指して、時はとぼとぼと毎日歩みを刻んで行く」

――二つ目の光。

「そして昨日という日々は、阿呆《あほう》どもが死に至る塵《ちり》の道を照らし出したにすぎぬ」

――三つ目の光。

「……消えろ、消えろ、束《つか》の間の灯火《ともしび》！　人生は歩く影法師。哀れな役者だ」

――四つ目の光。

「出番のあいだは大見得切って騒ぎ立てるが、そのあとは、ぱったり沙汰《さた》止み、音もない」

――五つ目の光。

「白痴の語る物語。何やら喚《わめ》きたててはいるが、何の意味もありはしない」

その言葉を言い切った時、マクベスの運命に翻弄《ほんろう》される己《おの》が人生の虚しさが、自分に降り注ぐ気がした。

「く……っ」

今はタンポポではなく、マクベスに自分を重ねていた。

人生という舞台のなかで哀れに踊らされたマクベスは、まるで私と一緒だ。

最後まで運命に翻弄されて最終的には虚しさしか残らない。

「でも……」

また馬鹿なことを考えていた。

たとえ深い悲しみの結末だったとしても、四大悲劇の主人公になれたとしたら、私は喜んでしまうのではないだろうか――、と。

「私は、人生に振り回される哀れな脇役だ……」

そんな馬鹿げた妄想を振り払い、私は六つ目の光の下で力なく言葉を吐きだした。

○

本来は家の最寄り駅までバスで送ってもらうところを一人歩いた訳だから、家に着くのにいつもよりも大分時間がかかった。それでもまだ夜は明けていない。

この夜はいつまで続くのだろうか。でも朝日が昇ってきたところで、どんな顔をして妻と息子に会えばいいのか分からなかった。

撮影の日から今日までは、私にとってとてもヘビーな二日間だった。

人生における二つの指針をいっぺんに失ってしまった気がしたのだ。

役者は私にとっての人生だった。

そしてタンポポは私を象徴するものだった。

その二つが手元から離れて、私はこの先、どうやって歩みを進めればいいのかが分からなくなってしまった。

「……」

ドアノブを捻《ひね》る手が一瞬止まる。家に入ることに怖気《おじけ》付いている自分がいる。ゆっくりとドアを押し開けて、物音を立てないようにそっと家の中に入った。

誰も起こさないように寝室まで行きたい。今の酷《ひど》い顔を見せたくなかった。せめて夜明けまでは時間が欲しかった。

「えっ……」

――その時、あることに気づいた。

居間の明かりが点《つ》いていたのだ。

「どうして……」

最初は理恵が、電気をつけっぱなしで寝てしまったのかと思った。でもそんなことは今までに一度もなかった……。

「……」

既にある予感がしていた。そこにはただ明かりが点いているだけではなく、人の温かさがあったから——。

「おかえりなさい、あなた」

「理恵……」

時刻は午前四時半。

妻の理恵がそこにいた。

「どうして、ここに……」

想いを率直に言葉にすると、理恵は曇りのない様子で明るく答えてくれた。

「どうしてって、あなたを待ってたのよ」

「でも、なんで……」

まだ戸惑いを隠せないままの私を見て、理恵が小さく笑って答える。

「なんでって、何年の付き合いだと思ってるのよ。昨日のお芝居の仕事から元気なかったじゃない。だから、今日こうしてあなたのことを待っていたのよ。功太が寝ていた方がゆっくり話せるから」

「そんな……」

……すべてお見通しだったみたいだ。理恵は私の態度の変化に気づいていたのだ。

そしてこうやって明け方までずっと一人で待ってくれていた。

今も理恵は私のことを見つめている。隠し事をしていたことを咎《とが》める様子なんて一切ない。慈愛に満ちた眼差《まなざ》しで、私のことを見つめていた。

そしてゆっくりと言葉を続ける。

「何かあったの？　大丈夫？」

「……」

そう言われた瞬間、不意に涙が出てきそうになった。ボビーからも言われた「大丈夫？」という言葉。今私はその言葉に容易《たやす》く「大丈夫だよ」と返す訳にはいかなかった。どうせそんな隠し事はすぐに見破られる。

それにこんな時間まで帰りを待ってくれていた理恵の想いを無駄にはしたくなかった。私は今、大丈夫ではないことをちゃんと話したかった――。

「……進むべき道が、分からなくなってしまったんだ」

最初の言葉が出てくると、後の言葉もすんなりと出てきてくれた。

「……主役を張りたいと努力はしてみたけど一向に届く気配はない。それどころか遠ざかっている気がする。……これから先、もうどの道に進めばいいのかが分からないんだ。それどころかもうずっとあたりは真っ暗なままで、目の前の道が何も見えないんだ……。もう私は、ダメなのかもしれない……」

本当はこんなことを話したくはなかった。話した瞬間に言霊となって自分自身の心が折れてしまうのではないかと思った。それに理恵にこんな情けない姿を見せたくなかった。自分は役者の道を諦《あきら》めて、ずっと私のことを応援してくれていたのだ。それなのに、私がこんな風に諦めるような発言をしてしまうなんて……。

もしかしたら、理恵はがっかりした顔をしているかもしれない。その表情を見るのが怖かった。

でも私が顔を上げると、予想とは全く違った表情をした理恵がいた。

「目の前が真っ暗だとしても、あなたはどんな時も一人じゃないわ」

「理恵……」

理恵は、私の瞳《ひとみ》をまっすぐに見つめて言葉を続ける。

「あなたと一緒に私もいる。功太もいる。どこかで道に迷わないように明かりを灯《とも》してもあげる。それに私たちだけじゃないわ。どんな暗がりだと思えるような場所でも、きっとどこかで、あなたと関係性のある誰かがあなたのことを助けてくれる。ポツン、ポツンと、暗がりのどこかにいるのよ。夜道を照らす街灯の明かりみたいにね。だからあなたはどんな時でも一人じゃないわ」

それは、私がさっきまでいた状況を表したものだった。

だからこそその言葉が、まっすぐに私の胸の中に入ってくる。

スポットライトのような、あの街灯の光を、私はまた思い出していた——。

そして理恵は、夜明け前の静けさに合わせたかのように、柔らかな口調で言葉を続ける。

「それに功太と約束したのもあるし、自分の仕事が脇役ばかりで早く主役を取らなくちゃって、気にしてるかもしれないけど、そんなこと気にしなくていいのよ。だって……」

そこで間を置いてから理恵が、まっすぐに私を見つめて言った——。

「あなたという人生の物語の中では、どんな時もあなたが主役なんだから」

「理恵……」

理恵の言葉が、心の中にすうっと入って来る。それがじんわりと温かいものに変わって溶けていき、指の先まで広がる気がした。

「どんな時も主役……」

それは私が本当にかけてもらいたい言葉だった。

どんな時も自分が主役なんだと、理恵は言ってくれた。

それが何よりも嬉《うれ》しかった。

その言葉は、自分自身ではどうやってもたどり着けなかった気がする。

それを今、一番そばにいる理恵が伝えてくれた。

私に向かって、そう言葉をかけてくれたのだ――。

「……それにね、今夜はまだとっておきのものがあるんだから」

理恵がそう言ってから、台所に立ってコンロの火をつける。それから数分が経ったくらいのところで、丼《どんぶり》と箸《はし》を持って私の目の前にやってきた。

「はい、お待ちどうさま」

「これは……」

湯気が、顔の前にわあっと立って、途端に温かさの中に包まれる。

目の前にあったものは――。

「ラーメン……」

あの劇団解散の日にも、理恵はラーメンを作ってくれた。

プロポーズのきっかけにもなったのだ。

でも今回はそれだけではない。

私は、すぐに気づいた。

綺麗に澄んだ醤油のスープ、それにチャーシューとメンマ、ネギだけのシンプルな盛りつけ。

このラーメンは、私が役者として生きるきっかけとなった、あの映画に出てきたのと同じものだったのだ。

「タンポポのラーメン……」

「そう、大正解」

「あぁ……」

――『タンポポ』。

伊丹十三《いたみじゆうぞう》監督作品。山﨑努《やまざきつとむ》、渡辺謙《わたなべけん》、宮本信子《みやもとのぶこ》、役所広司《やくしよこうじ》、名優に次ぐ名優が共演する、売れないラーメン屋を立て直そうとする名作コメディ映画である。

ラーメン・ウエスタンと称されたその映画を見たとき、一介の演劇サークルの一員だった私は、強く心を揺さぶられた。役所広司から始まる直接観客に訴えかけるようなファーストシーンに引き込まれた。山﨑努、渡辺謙たちが並んで最後に宮本信子が作り上げたタンポポのラーメンを食べるシーンは本当に素晴らしかった。それぞれの役者が、映像の中で生き生きと輝いていた。寅《とら》さんシリーズもそうだが、私は人情味のあるコメディ模様の映画が大好きなのだ。きっとそれは自分を重ねてしまうような登場人物たちの人生が描かれているからに違いなかった。

『人生は近くで見ると悲劇だが、遠くから見れば喜劇だ』

そう言葉を残したのは世界の三大喜劇王の一人、チャールズ・チャップリンである。その言葉は初めて出会った時から私の心を捉《とら》えて離さなかった。

確かにその通りだと思ったのだ。一見悲劇に思えるようなことも引いて見れば喜劇になる。それと同じように、悲しかった出来事も後になってみると笑って話せる時が来るものだ。

だからこそ、私は自分の人生に辛《つら》いことがあった時は、その言葉を胸に抱いて言い聞かせていたのだ。役者として生きる私にとっては特別な言葉だったのだ。

この数日は、まさに悲劇の連続だった。シェイクスピアの四大悲劇『マクベス』『ハムレット』『オセロー』『リア王』に続いて『タカハシ』と五大悲劇の名になりそうなほどに追い詰められていた。

――これも、遠くから見れば喜劇なのかもしれない。

私が舞台に立つ役者だとしたら、きっとこの運命に翻弄《ほんろう》される姿を見て観客は笑っている。

それと同じように、私自身もきっと後から振り返って、いつか笑って話せる時がくると思った。

そう思うと、ふっと気分が楽になる。

そういう気持ちにさせてくれたのが、往年の名作映画だった。

私を役者として導いてくれたものだった。

そしてそのことを今思い出させてくれたのは、目の前の理恵だったのだ――。

「……」

テーブルの上のラーメンを見つめる。

それから顔を上げると笑顔の理恵が瞳に映った。

「さぁ、温かいうちに食べて」

「あぁ、うん……」

――家の中にもタンポポはあったじゃないか。

私の穏やかな幸せは、ここにあったんだ――。

思わず涙が出そうになる。良いコメディ映画というものは、必ず感動して泣ける箇所がどこかにあるものなのだ。

そんなシーンが、今目の前にあった。

でもこんなことが起きるとは思わなかった。

これでは本当に、私が主人公の物語じゃないか――。

「いただきます……っ」

涙をぐっと堪《こら》えながら手を合わせて、かろうじて言葉を絞り出す。

箸を持って勢いよく麺《めん》をすすった。

「旨《うま》いなあ……」

スープをごくりと流し込む。

「本当に、旨いよ……」

そしていつの間にか、結局泣いていた――。

堪えた意味なんてなかった。

この涙を止められる訳がなかった。

だってこんなにも嬉しくて美味しくて幸せな瞬間があるなんて思わなかった。

涙が止まらなかったのだ――。

「う、うぅ……」

涙のせいで少しだけ味がしょっぱく感じる……。そんなことを言ったら、それもどこかのドラマのセリフのようだと言われてしまいそうだ。

だけどそんなドラマみたいなことが、こうやって現実にも起こるものなのだ。

私は知らなかった。

こんな物語が私の身に待っていたなんて――。


人生は悲劇だ、喜劇だ。

そしてドラマだ、映画だ――。


ラーメンを食べ終わった頃になって、ちょうど東の空から太陽が昇ってきた。

あのプロポーズをした日と一緒だ。

何かの仕込みみたいに完璧《かんぺき》なタイミングだったので可笑《おか》しくなって笑うと、理恵も一緒になって笑った。

「朝が来たわね」

「……明けない夜はないんだな」

そしてまた日は昇る——。


自分の体に降り注ぐ日の光が、本物のスポットライトのようだった——。

◯

「——さあ、今日も一丁斬られてくるわ」

そう言って、家のドアを開けて颯爽《さっそう》と仕事場に向かった。

足取りは軽い。家の外まで見送ってくれた理恵と功太の声援を背中に受けて、ととっと地面を蹴《け》っていくと、現場まであっという間にたどり着く。

そして今日の撮影が始まった。

私の出番は今回は序盤だ。役柄はいつも通りの斬られ役。でもバッチリ準備はしたし、心持ちもこの上なく万全だった。

「それじゃあ、本番、三、二、一……」

監督の声に重なってカチンコの音が響く。

あぁ、この音が好きだ。

そしてこのスタジオの空気が好きだ。

私はやっぱり芝居をしているこの時間が好きなんだって思う。

「くたばれっ、悪党！」

次の瞬間、主役が刀を私の目の前に振り翳《かざ》してきた。

「ぬぐおおおおぉぉおおおっ！」

私はそれを受けて、体のバランスを崩してから、カメラの前を向いて勢いよくバタンッと倒れる。

「……カ、カーーットー！」

そこですぐにカットの声がかかった。

「君やりすぎだよ、もっと抑えて！」

「すみません、もう一度お願いします！」

「ったく、それじゃあ、本番、三、二、一……」

「くたばれっ、悪党！」

「ぬぐおおおおおおぉぉぉぉおおおっ！」

「カ、カット！　カット！　カーーーーット！」

今度はさっきよりもでかい声でカットがかかった。

「君さっきよりひどくなってるよ！　もう主役より目立っちゃってるから！」

「はい、すみません、もう一度お願いします！」

私の言葉に監督はやれやれという感じで下がっていったが、逆に目の前の主役の目の色はどんどん変わっていた。

苛《いら》つきか、それとも自分より目立っているのが気に食わなかったのか、本当に悪党を成敗する武士のような物々しい顔つきに変わっている。

――よし、それでいい。

さっきまではまだモデルの仕事をしている時のような落ち着いた表情だった。今の方が作品にとっては間違いなくいい。これで私も心置きなく、次のテイクに臨める。

これが私なりの新しいやり方だった。周りにとってみたら迷惑なのかもしれないが、脇役の私なりのやり方で、全力で作品と向き合って、この作品の一部になりたいと思ったのだ。

そんな私の考えを知ってか知らずか、あのチーフプロデューサーがこっちを見てにやりと笑った。

——よしっ、やれることをやろう。

「もう一本、よろしくお願いしますっ！」

チャンスはどこに転がっているかわからない。

私はこれからも何度でも挑戦するつもりだ。

たとえ何度失敗して地面に叩《たた》き落とされても、それからまた脇役根性で立ち上がってやる。

「本番、三、二、一……」

私は華々しく咲く桜じゃなくていい。

「くたばれぇっ、悪党っ！」

「ぬぐおぉぉおおっ！」

路傍で何度踏まれても立ち上がって咲く、タンポポになりたいから——。

エピローグ

物語の観客

佐藤太郎

僕の物語はいつまで経っても始まらない。

というかストーリー自体がないんだと思う。

なぜなら僕は物語の主人公でも脇役でも敵役でもなく、ただの観客のような存在だから。

小さい頃からそう思っていた。目立つことなんて一切ない。見落とされていることの方がよっぽど多かった。

家族で入ったファミレスで僕の分だけ水が来ないことがあった。学校の出欠確認で僕だけ名前を呼ばれずに飛ばされたことがあった。当たり前のように反応する自動ドアが僕の時だけ作動しないことがあった。

人間はまだわかるけど機械まで反応してくれないのはかなり落ち込む。センサー系とはかなり相性が悪いみたいだ。トイレの洗面台の水センサーなんかは反応しないことがほとんどなので、最近はもう最初から諦《あきら》めてウェットティッシュを持ち歩くようにしている。

それでも一応悪いことばかりではないと言っておく。高校三年生となった今まで、授業中に先生から当てられたことが一度もないのだ。それに事故や事件のような悪いイベントも起きていない。凪《なぎ》のような生活が続いている。物語の中ではどちらかが描かれるものである。さまざまな障害が降りかかってきて、それを乗り越えて迎えるハッピーエンド。もしくはその逆――。

僕の人生にはそのどちらの結末も訪れる気配はない。青春と呼ばれるはずの高校生活も、あっという間に過ぎ去ろうとしている。もう高校生活最後の一年も約半分経過しているというのに、何事もなくここまで来ていた。

四月。始業式、クラス替えがあった。

五月。中間テスト、平均より下の順位。

六月。校外学習、僕は風邪で休んだ。

七月。期末テスト、中間より二つ順位が下がった。

八月。夏休み、夏期講習に通い始めた。

そして現在、九月――。

無味無臭の生活だ。

基本的には学校と家を往復する毎日。一年の時から部活もバイトもやっていなかったし、放課後に遊ぶような友達もいなかったので、その往復には悲しいことに余計な動きはまったくなかった。

華の高校生活はとてつもないスピードで過ぎている。そうやって日々を消化しているのは僕だけかもしれなかった。自分以外のクラスメイトはそれなりに青春を過ごしているように見えたのだ。

部活で全国大会を目指して一生懸命放課後の練習に励む生徒、文化祭や体育祭に人一倍張り切る生徒、放課後に制服デートをする生徒、SNSの動画でバズって人気を博す生徒……。

まわりはみんなそんな風にバラエティ豊かで日々変化のある毎日を過ごしている。僕が良《い》いところだけを見て羨《うらや》んでるのかもしれないけれど、僕よりマシな高校生活を送っていることは確かだ。

僕は決してその輪に加わることはない。

いわば、この校舎の中の傍観者だった。

やっぱり主役でも脇役でもない観客という言葉が似合ってしまう。

だからそんな僕のことを見ている人なんて、この校舎の中には誰もいないはずだと思っていた。

「はぁ……」

ため息。学校からの帰り道。夏休みが明けて数日が経った九月。まだ秋は遠い。

今日もまた何事もなく一日が過ぎた。当たり前のことなのにため息をついたのは、喉《のど》の渇きを覚えたからでもあった。

ちょうど目の前にコンビニがある。運良く自動ドアは一発で作動してくれたけど店員さんからの「いらっしゃいませ」の言葉はなかった。僕が入店したことには気付いていないみたいだ。

ドリンクコーナーで手に取ったのは烏龍茶《ウーロン》だ。汗をかいて喉が渇いてもアクエリアスやポカリスエットは買ったことがない。だってそういうドリンクは、運動系の部活に入っている生徒がよく飲んでいたから、僕は飲んではいけないものだと勝手に思っていた。

エナジードリンクだって同じ部類である。思えば青春の味がするというカルピスも飲んだことがない。自然と避けてしまっていたのだ。

「ふぅ……」

今度はため息ではなく一杯飲んだ後の一息。店員さんはレジの前に僕が立っても気付かなかったので、セルフレジで済ませることにした。あれは便利だ。僕みたいな影の薄い人からの需要がかなりあると思っている。

コンビニの駐車場から西の空を見つめると、太陽がだいぶ落ち始めていた。最近は毎日加速してるんじゃないかってくらいのスピードだ。日差しが目に沁《し》みて顔を逸《そ》らす。

すると、あるものが目に入った。

「タンポポ……」

どちらかというと、こんな季節にも咲いているんだな、と思ってびっくりした。今はいろんな品種のタンポポがあるからこういうこともあるのだろうか。それからアスファルトの裂け目から咲いていることに気づいて二度驚いた。

わざわざこんなところに咲かなくてもいいのに、と思ったけど、きっとタンポポ自身がここを選んだのだろう。それとも風の吹くままに飛ばされて、ここで咲くことになったのだろうか。

「……」

他にも多くの通行人がいる中で、そのタンポポを見つめているのは僕一人だった。

その存在に気づいているのは僕一人だったのだ。

車が過ぎていく。

タンポポが揺れる。

並んで歩く親子がいる。

電線に鳥が留まっている。

家路を急ぐ人たちがいる。

タンポポがまた風に揺れる——。

時間的にはごく僅《わず》かなものだった。特に何か大きな変化があった訳ではないし、僕の胸の内に変化があった訳でもない。

またなんてことのない一日。どこにでも咲いている花を見つけた。ただそれだけのこと。

そう思いながら再び歩き出そうとした、その時だった——。

「あっ」

タンポポを見つけた時よりも大きな声が出た。

小さな男の子が車道に飛び出していたのだ——。

手に持っていた人形を落としてしまったようだ。戦隊もののヒーローの人形。あれは確かジャスティスレンジャーのジャスティスグリーン。僕もたまたま休みの日に見たことがあった。土日の予定も特になくて家でテレビを見るくらいしかすることがないからだ。

その時はブルタンという怪人がやられる回だった。なぜか終盤に差し掛かる頃にはブルタンのことを応援していたのを覚えている。どうして今そんなことを思い出しているのかは分からないけれど。

「……っ」

足は既に動き出していた。

車道にいる少年目がけて走り出している。

歩道に父親らしき男の人はいた。でもスマホで電話をしていて、少年が車道にいることには気づいていない。

それどころか今この状況で、誰も少年の存在に気づいていなかった。

僕以外、誰一人――。

迫り来る、トラックの運転手さえも――。

「くそっ！」

時間がひどくゆっくりに感じる。

宙を空振りして走っているかのようだった。

迫ってくるトラックも遅いけど、自分の一歩一歩も遅い。

まるで現実ではないみたいだった。

もしかして、僕はこれで死んでしまうのだろうか——。

「……」

それでも体の動きが止まることはなかった。不思議と怖さはそんなになかったからかもしれない。

馬鹿みたいな話だけど、こんな時頭の中に浮かんでいたのは、「なんか今、主人公っぽいことをしているな」という想いだった。

極限の状況になって、初めて自分自身が今を生きていることを実感していた。

そしてヒーローのように子どもを救って自分が犠牲になるのなら、悪くないんじゃないかと思ってしまった。

最近読んだライトノベルとかだと、ここから転生して自分が主人公の物語が始まるなんてこともあった。

だとしたらやっぱり悪くないのかもしれない。

こんな主人公みたいな役割は人生で初めてのことだったのだ。
——そしてなんとか男の子のそばまで来て、その小さな手を摑《つか》むことができた。
トラックが走ってくる。
鋼鉄の巨体が唸《うな》り声をあげて迫ってくるかのようだった。
その光景を見て、途端に足が震え上がって、体が硬直した。
あっ、やっぱり怖い。
死にたくない——。
——そう思った時だった。
歩道側に残した自分の腕が、突然引っ張られた。
「えっ……」
最初は何が起きたのか分からなかった。自分と少年の体がいつの間にか歩道にあった。
間一髪だ。
トラックが目の前のギリギリのところを通り過ぎていった。
どうやら何事もなく、僕も少年も命を救われたみたいだった……。
「こ、功太！　だ、大丈夫か!!」

その後にすぐ大きな声が飛んできた。少し前を歩いていた少年のお父さんらしき人がやってきた。

でも僕の腕を引いたのはこの人ではない。僕と少年のことを助けてくれたのは――。

「き、君も大丈夫か！　それに……」

そのお父さんが僕の次に言葉をかけたのが、他でもない僕の腕を引っ張って助けてくれた人だった――。

「私は大丈夫です、みんな無事でよかったあ……」

女の子だ。僕と同じ高校の制服をきた女の子がそこに立っていた。

「ほ、本当にありがとう！　急に仕事の打ち合わせの電話が入ってしまって目を離した隙に……、本当にすまない！　なんてお礼を言ったらいいか……」

「大丈夫ですよ、それに先に助けに駆けつけたのは彼の方ですから。私だけでは最初気づけなかったですし」

女の子が僕に視線を向ける。ここでそんな風に言われるとは思わなかった。ただの足手まといになってしまったと思っていたのに……。

「い、いや、別に僕は大したことしてないので……」

「いやいや、そんなことないよ！　君たち二人がいなければ本当に危なかったんだ！

これ、今こんなものしか渡せないけどもしよかったら！　改めてお礼はさせてもらうからさ！」

そう言って男性が渡してきたのは、芝居の公演チケットだった。タイトルは、『風と共に咲きぬ』とある。どこかで聞いたことのあるような題名だけどすぐには思い出せなかった。でも女の子の方はそうではなかったみたいだ。

「風と共に咲きぬ！　もしかしてこれってあの映画の『風と共に去りぬ』からきてますか？」

それだ。男性がとても嬉《うれ》しそうな顔をして答える。

「そう！　よく分かったね！　あの映画史上に燦然《さんぜん》と輝く愛の金字塔と謳《うた》われた『風と共に去りぬ』をもじらせてもらったんだよ！」

「やっぱり！　昔お父さんと一緒に見たことがあって覚えてたんです。この舞台ではどんな役をやられるんですか？」

「い、一応主役だよ！　まあ自主公演みたいなものなんだけどね。それに中身は『風と共に去りぬ』とは全く違って喜劇でもあり悲劇でもあるような、そんな人間ドラマの舞台になっているけど……」

「自主公演でも主役で舞台やるなんてすごいですよ！　必ず行きますね！」

「ありがとう！　チケットならいくらでも余ってるから友達もたくさん誘ってね！」

……逆にそれは不安になる情報なのではと思ったけど、女の子はそんなことは何も気にしていないようだった。

「舞台かあ……」

僕は余計な口を挟むことはせずに、チケットを見つめる。僕もこういう色んなことにもっと興味を持つべきだろうか。思えば大して趣味と呼べるようなものはない。だとしたらこの舞台を観に行くのも何かきっかけになるだろうか。他に一緒に行く相手もいないけれど……。

「それじゃあ、また！　本当にありがとう！　この恩は忘れないから！　本当にかたじけない！」

そんな考え事をしている間に、何か最後に武士っぽい言葉を口にして、親子は去っていった。

「ありがとう、お兄ちゃん、お姉ちゃん」

去り際、少年はそう言って、ジャスティスグリーンの人形を持って手を振ってくれた。僕も手を振り返した。なんでレッドでもブルーでもなくてグリーンなのかは最後まで分からなかったけど、テレビを見ていて途中からブルタンを応援していた僕と理由は似ているのかもしれない。

画面の端っこにばかり映っていたけど、なんだか目で追ってしまいたくなるキャラクターだったのだ。

「……それじゃあ、僕も」

親子も去って行ったし、これ以上この場にとどまる理由はなかった。

何事もなくて良かった。

これで僕もまたいつもの日常に戻る。

ありきたりな、波風の立たない凪《なぎ》の生活へ……。

——でも、その時だった。

「あのさ」

女の子が、突然そう言った。

一歩の後に、もう一歩を踏み出した足が止まる。

その言葉は間違いなく僕に向けられていた。

「な、何か……?」

訊《き》き返すと、彼女は何か確かめるように僕を見つめてから言った——。

「――中庭の花壇の花に水をあげてくれていたのは、君だよね？」

「えっ？」

不意打ちの一撃だった。

驚いて言葉をうまく返せない僕に向かって、彼女は言葉を続ける。

「……夏休みに入る前の頃とか、それよりも前の文化祭の頃とか、水やりが忘れられていた時にあげてたでしょ？」

「……うん」

戸惑ったまま、そう言って頷《うなず》くことしか出来ない。まだ上手《うま》く頭の整理が出来ていなかった。

――一体全体、さっきの事故の救出から含めて、目の前で何が起きているのだろうか。

これが今、本当に自分の身に起きていることなのだろうか。

とてもじゃないが信じられなかった。

僕が水をあげていることに気づいている人なんて、誰もいないと思っていた。

そもそも僕が学校にいることさえ気づいていない人がほとんどだと思っていた。

ましてや目の前の相手は同じクラスでもない女の子だ。

そんな相手にこのタイミングで、中庭の花壇に水をあげていたことを指摘されるなんて思わなかった。

波風を立てず、校舎の中で観客のように存在していたはずの僕を、彼女だけは見てくれていたというのだろうか……。

「でも、なんで僕だって分かったの……？」

「これでも色んな人に花壇に水をあげていたのは誰かって聞いて探し回ったんだよ。なかなか有力情報が得られなかったし、ちょうど夏休みにも入っちゃったから大分時間はかかったけどね」

「なんで、そこまでして僕のことを……」

僕は率直に湧き上がった疑問を口にした。

でもそこで彼女は意外な顔を見せてこう言った。

「なんでだろう……」

「えっ」

でもそれから少し考えたような顔をした後で、彼女は続きの言葉を口にした。

「……たぶん、お礼が言いたかったからかな」

そう言ってにこりと笑った。

「……お礼が言いたかった？　僕が代わりに水をあげたから？」

僕が尋ねると、また彼女は「うーん」と考えるような顔をしてから言葉を続けた。

「いや、というよりもおかげであの日タンポポが見られたからかな」

「タンポポ……」

あの花壇に植えられていたのは、バラやユリの花だったはずだ。でも確かにそう言われてからタンポポの花も花壇の隅っこにあったのを思い出した。

あの時もタンポポは、あんな場所で咲いていたのだ。

目の前のアスファルトの裂け目といい、本当にどこにでも咲く花だ……。

「バラやユリも素敵だったけど、私にとってはあの日に隅っこで咲くタンポポを見られたのが本当に良かったんだよねぇ」

そう言って彼女は幸せそうに笑った。

そんな表情を見ていたら、僕も自然と言葉が出てきた。

「……僕も、タンポポの花好きだよ」

そう言って、アスファルトの裂け目に咲くタンポポの花を指差すと、彼女もそっちを向いた。

「あっ、あんな所にも咲いているんだね！」

そう言ってもう一度笑った。

今度は楽しそうな笑顔だった。

そのタイミングが適切だったのかは分からないけれど、僕は彼女に尋ねた。

「……君の名前は？」

「私？　鈴木花子。はなって呼んでもらえると嬉《うれ》しい」

「鈴木さん……」

「いや、はなって呼んでって今言ったよね」

「はな、さん……」

声に出してみて、とてつもなくぎこちなくなったのには理由がある。だってそんな名前で呼ぶことになんて慣れている訳がない。だから最初は名字で呼んだのだ。クラスメイトだって名字以外で呼んだことがない。ましてやあだ名なんて……。

「あの、僕の名前は佐藤太郎《さとうたろう》なので……」

「知ってる、調べてるうちに隣のクラスの子が教えてくれたから」

「あっ、そうだよね……」

当たり前のことだった。こんな普通のやりとりにも慣れてない自分が情けなくもなる。

でもはなさんはそんなの何も気にしていない様子で僕を見つめて言った。

「私たちの名前、なんだか似てるよね」

「似てる？」

「うん、市役所の見本とかでよくありそうな名前」

「……た、確かに、そうかもしれない」

はなさんの独特の物言いが面白くて思わず噴き出しそうになった。でも本当にその通りだと思った。

「まあどこにでもある感じなのも悪くないよね、タンポポみたいで」

「……うん、そう思う」

どこにでもあるような名前だけど、今はその方が嬉しかった。

どこにでも咲くタンポポと、似ている気がしたから。

僕たちにはぴったりな名前だと思ったのだ。

「そういえばさ……」

そこで僕はあることを思い出した。

タンポポの綿毛にまつわるある話だ。

「……タンポポの綿毛って、風に乗って十キロくらい飛ぶこともあるらしいよ」

「えっそうなの！　知らなかった……」

　はなさんがとてもびっくりしてくれたので、そのまま説明を続ける。

「……タンポポにとってはそれが一番の生存戦略なんだって。風に飛ばされるから行くところは選べないけど、他の種もまったくいないような思いがけない場所に行けるし、踏まれてもへっちゃらな強い生命力もあるから、どこにいってもたくましく咲いて生き抜いていけるんだって」

「へぇー、タンポポってそんなに凄《すご》いんだね」

　はなさんが驚きと喜びの混じったような顔を見せてくれたので僕も嬉しくなった。

　でもその後にはなさんが口にした言葉に、今度は僕が驚かされることになる。

「そう考えるとさ、タンポポって、主人公みたいな花だね」

　また、はなさんの独特な物言いだった。

　確かに主人公っぽい。風に乗って行く当てもない旅を始めるなんて、何かの映画の主人公のような設定だ。それにそんな映画をお父さんが昔見ていた気もする。シリーズがいくつもある、名作と呼ばれる映画だ。

　――でも、だとしたらやっぱりタンポポは素敵な花なんじゃないだろうか。

風と共に咲く花。

タンポポは、そういう花なのだ。

そして僕が一つの答えに辿《たど》り着いたところで、タイミング良くはなさんが場を締めくくるように言った。

「よしっ、それじゃあ、私もそろそろ帰ろうかな。また今度学校で会ったらよろしくね。太郎君」

「あっ、わかった。うん、よろしく……」

彼女が、歩き始める。

一歩、二歩と僕の傍から離れていく。

僕は、その背中をただ見送る。

彼女の頭についた花のモチーフのシュシュが、どんどん小さくなっていく――。

「……」

――本当に、このままでいいのか？

心の中でその言葉を呟《つぶや》くのと同時に、風が吹いた――。

タンポポの綿毛が遠くに飛ばされてしまいそうな、もしくは風に乗って誰かがやってきそうな、そんな風だ。

その風が、僕の背中を押してくれた――。

「……あ、あの、はなさん！」

勇気を振り絞って、ちゃんと声に出して名前を呼んだ。

はなさんが、振り向く。

僕を、見つめている。

僕の番だ。

続きの言葉を続けなければいけない。

言うんだ。

言わなきゃ。

今、言わなければ、僕たちの物語は永遠に始まらない――。

「……こ、今度、いっ、一緒にあのおじさんの舞台見に行きませんか？」

緊張のあまり突然敬語になってしまった。それに若干噛《か》んだ……。

失敗してしまったと思いながら、一度下げた頭を恐る恐る上げると、はなさんがはにかんだような顔をして傍に立っていた。

そして僕をまっすぐに見つめてこう言った。

「こちらこそよろしくお願いします」

それからはなさんが春風が吹くように笑ったので、なんだかこれから僕たちの物語が始まる気がした――。

本書は書き下ろしです。

風《かぜ》と共《とも》に咲《さ》きぬ

清《し》水《みず》晴《はる》木《き》

令和5年 5月25日 初版発行

発行者●山下直久

発行●株式会社KADOKAWA
〒102-8177 東京都千代田区富士見2-13-3
電話 0570-002-301(ナビダイヤル)

角川文庫 23659

印刷所●株式会社暁印刷
製本所●本間製本株式会社

表紙画●和田三造

●お問い合わせ
https://www.kadokawa.co.jp/ (「お問い合わせ」へお進みください)
※内容によっては、お答えできない場合があります。
※サポートは日本国内のみとさせていただきます。
※Japanese text only

ISBN 978-4-04-113663-8 C0193

角川文庫発刊に際して

角川源義

第二次世界大戦の敗北は、軍事力の敗北であった以上に、私たちの若い文化力の敗退であった。私たちの文化が戦争に対して如何に無力であり、単なるあだ花に過ぎなかったかを、私たちは身を以て体験し痛感した。西洋近代文化の摂取にとって、明治以後八十年の歳月は決して短かすぎたとは言えない。にもかかわらず、近代文化の伝統を確立し、自由な批判と柔軟な良識に富む文化層として自らを形成することに私たちは失敗して来た。そしてこれは、各層への文化の普及滲透を任務とする出版人の責任でもあった。

一九四五年以来、私たちは再び振出しに戻り、第一歩から踏み出すことを余儀なくされた。これは大きな不幸ではあるが、反面、これまでの混沌・未熟・歪曲の中にあった我が国の文化に秩序と確たる基礎を齎らすためには絶好の機会でもある。角川書店は、このような祖国の文化的危機にあたり、微力をも顧みず再建の礎石たるべき抱負と決意とをもって出発したが、ここに創立以来の念願を果すべく角川文庫を発刊する。これまで刊行されたあらゆる全集叢書文庫類の長所と短所とを検討し、古今東西の不朽の典籍を、良心的編集のもとに、廉価に、そして書架にふさわしい美本として、多くのひとびとに提供しようとする。しかし私たちは徒らに百科全書的な知識のジレッタントを作ることを目的とせず、あくまで祖国の文化に秩序と再建への道を示し、この文庫を角川書店の栄ある事業として、今後永久に継続発展せしめ、学芸と教養との殿堂として大成せんことを期したい。多くの読書子の愛情ある忠言と支持とによって、この希望と抱負とを完遂せしめられんことを願う。

一九四九年五月三日

角川文庫ベストセラー

グラスホッパー　伊坂幸太郎

妻の復讐を目論む元教師「鈴木」。自殺専門の殺し屋「鯨」。ナイフ使いの天才「蟬」。3人の思いが交錯するとき、物語は唸りをあげて動き出す。疾走感溢れる筆致で綴られた、分類不能の「殺し屋」小説！

マリアビートル　伊坂幸太郎

酒浸りの元殺し屋「木村」。狡猾な中学生「王子」。腕利きの二人組「蜜柑」「檸檬」。運の悪い殺し屋「七尾」。物騒な奴らを乗せた新幹線は疾走する！『グラスホッパー』に続く、殺し屋たちの狂想曲。

AX アックス　伊坂幸太郎

超一流の殺し屋「兜」が仕事を辞めたいと考えはじめたのは、息子が生まれた頃だった。引退に必要な金を稼ぐために仕方なく仕事を続けていたある日、意外な人物から襲撃を受ける。エンタテインメント小説の最高峰！

金魚姫　荻原　浩

金なし、休みなし、彼女なし。うつ気味の僕のもとにやってきたのは、金魚の化身のわけあり美女⁉　突然現れたおかしな同居人に、僕の人生は振り回されっぱなし！

かっぽん屋　重松　清

汗臭い高校生のほろ苦い青春を描きながら、えもいわれぬエロスがさわやかに立ち上る表題作ほか、摩訶不思議な奇天烈世界作品群を加えた、著者初のオリジナル文庫！

角川文庫ベストセラー

疾走 (上)(下)　重松　清

孤独、祈り、暴力、セックス、殺人。誰か一緒に生きてください——。人とつながりたいと、ただそれだけを胸に煉獄の道のりを懸命に走りつづけた十五歳の少年のあまりにも苛烈な運命と軌跡。衝撃的な黙示録。

哀愁的東京　重松　清

破滅を目前にした起業家、人気のピークを過ぎたアイドル歌手、生の実感をなくしたエリート社員……東京を舞台に「今日」の哀しさから始まる「明日」の光を描く連作長編。

うちのパパが言うことには　重松　清

かつては1970年代型少年であり、40歳を迎えて2000年代型おじさんになった著者。鉄腕アトムや万博に心動かされた少年時代の思い出や、現代の問題を通して、家族や友、街、絆を綴ったエッセイ集。

みぞれ　重松　清

思春期の悩みを抱える十代。社会に出てはじめての挫折を味わう二十代。仕事や家族の悩みも複雑になってくる三十代。そして、生きる苦みを味わう四十代——。人生折々の機微を描いた短編小説集。

とんび　重松　清

昭和37年夏、瀬戸内海の小さな町の運送会社に勤めるヤスに息子アキラ誕生。家族に恵まれ幸せの絶頂にいたが、それも長くは続かず……高度経済成長に活気づく時代と町を舞台に描く、父と子の感涙の物語。

角川文庫ベストセラー

みんなのうた　重松　清

夢やぶれて実家に戻ったレイコさんを待っていたのは、いつの間にかカラオケボックスの店長になっていた弟のタカツグで……。家族やふるさととの絆に、しぼんだ心が息を吹き返していく感動長編！

ファミレス（上）（下）　重松　清

妻が隠し持っていた署名入りの離婚届を発見してしまった中学校教師の宮本陽平。料理を通じた友人である、一博と康文もそれぞれ家庭の事情があって……50歳前後のオヤジ3人を待っていた運命とは？

MISSING　本多孝好

彼女と会ったとき、誰かに似ていると思った。何のことはない。その顔は、幼い頃の私と同じ顔なのだ――。「このミステリーがすごい！2000年版」第10位！第16回小説推理新人賞受賞作「眠りの海」を含む短編集。

ALONE TOGETHER　本多孝好

「私が殺した女性の、娘さんを守って欲しいのです」。三年前に医大を辞めた僕に、教授が切り出した依頼。それが物語の始まりだった――。人と人はどこまで分かりあえるのか？　瑞々しさに満ちた長編小説。

FINE DAYS　本多孝好

余命いくばくもない父から、35年前に別れた元恋人を捜すように頼まれた僕。彼女が住んでいたアパートで待っていたのは、若き日の父と恋人だった……新世代の圧倒的共感を呼んだ、著者初の恋愛小説。

角川文庫ベストセラー

角川文庫ベストセラー

ホルモー六景　万城目　学

あのベストセラーが恋愛度200%アップして帰ってきた！……千年の都京都を席巻する謎の競技ホルモー、それに関わる少年少女たちの、オモシロせつない恋模様を描いた奇想青春小説！

かのこちゃんとマドレーヌ夫人　万城目　学

元気な小1、かのこちゃんの活躍。気高いアカトラの猫、マドレーヌ夫人の冒険。誰もが通り過ぎた日々が輝きとともに蘇り、やがて静かな余韻が心に染みわたる。奇想天外×静かな感動＝万城目ワールドの進化！

バベル九朔　万城目　学

俺は雑居ビル「バベル九朔」の管理人をしながら作家を目指している。謎のカラス女から逃げた俺は自室で目覚めるが、外には何故か遥か上へと続く階段と見知らぬテナント達。「バベル九朔」に隠された秘密とは。

高校入試　湊　かなえ

名門公立校の入試口。試験内容がネット掲示板で実況中継されていく。遅れる学校側の対応、保護者からの糾弾、受験生たちの疑心。悪意を撒き散らすのは誰か。人間の本性をえぐり出した湊ミステリの真骨頂！

ブロードキャスト　湊　かなえ

中学時代、駅伝で全国大会を目指していた圭祐は、あと少しのところで出場を逃した。高校入学後、とある理由によって競技人生を断念した圭祐は、放送部に入部。新たな居場所で再び全国を目指すことになる。